太空探针

吴 季 ◎ 著

四川科学技术出版社

图书在版编目（CIP）数据

太空探针/吴季著.--成都：四川科学技术出版社，2025.1.--ISBN 978-7-5727-1704-8
Ⅰ.I247.5
中国国家版本馆CIP数据核字第202424U5P5号

太空探针
TAIKONG TANZHEN

吴 季◎著

出 品 人	程佳月
策划编辑	程佳月 林佳馥 肖 伊
责任编辑	张 琪
助理编辑	赵 成 任欣悦 武 柯
营销编辑	李 卫 鄢孟君
插 图	任逍遥
责任出版	欧晓春
出版发行	四川科学技术出版社
	成都市锦江区三色路238号 邮政编码 610023
	官方微博 http://weibo.com/sckjcbs
	官方微信公众号 sckjcbs
	传真 028-86361756
成品尺寸	145 mm×210 mm
印 张	8
字 数	160千
印 刷	四川省南方印务有限公司
版 次	2025年1月第1版
印 次	2025年1月第1次印刷
定 价	52.00元

ISBN 978-7-5727-1704-8

邮 购：成都市锦江区三色路238号新华之星A座25层 邮政编码：610023
电 话：028-86361770

■ 版权所有 翻印必究 ■

目 录

引 子	001
第一章 K01任务	005
第二章 青藏高原	033
第三章 大科学装置	053
第四章 立项开工	073
第五章 暴风雪	089
第六章 天外来信	111
第七章 深海工程	139
第八章 天 琴	155
第九章 天狼星c	173
第十章 闪 烁	201
第十一章 不要回答	227
尾 声	243

引 子

春节假期里的一天晚上，北京的天气还十分寒冷，路灯明亮，街道上不时地驶过走亲访友后回家的车辆。

北京海淀区中关村的一所普通公寓里，刚刚回国工作不久的林一，像往常一样在浏览M国的一个太空新闻网站。突然，一条消息映入他的眼帘：

"M国的系外行星探测卫星，近日发现了一颗类地行星。它距离地球230光年，大小是地球的1.05倍，围绕其恒星的公转周期是320天。该恒星为F型主序恒星，表面温度6 400开尔文。这是迄今为止人类发现的距离我们最近、最接近地球环境条件的一颗类地行星。"

任何关于类地行星的新闻都是林一重点关注的。"它距离我们230光年，哎，还是太远了。"林一有点儿失望地想。对于人类如何更高效、可靠地发现类地行星，林一有过深入的思考，他知道，用凌星法，也就是行星周期性地遮挡恒星的测量方法，会漏掉很多黄道面不经过我们视线的目标恒星，因此林一设想的观测方案是天体测量法——不漏掉任何目标，由近及远地开展普查——首先要发现距离我们最近的那颗类地行星，它距离我们也许只有5光年，8光年，哪怕是10光年。在这样的距离上，人类可以对它直接开展更详细的观测，甚至向那里发出问候并等待回音，当然，假如那里真的有智慧生命的话。

　　林一有点儿坐不住了。具有普查性质的天体测量法虽然并不是他提出的，但他是在中国积极推动该方法用于卫星工程的人。他的《系外行星天体测量卫星计划》建议书已经论证成熟，就在他的电脑里，等待提交。他在想，不能等了，自己虽然资历不深，但是要相信自己在建议书中所提方案的独特优势。

　　他站起身，在房间里来回走了几圈。然后，他回到电脑前，把鼠标移到了那个"发送"图标上，坚定地点击了确认键，将《系外行星天体测量卫星计划》建议书提交给了正在征集新的科学卫星建议的那个网站。

　　当时的时间是 2035 年 2 月 10 日。

第一章
K01 任务

（一）

卫星发射场控制中心大厅的大屏幕前有四排监测岗位，前面三排坐的是各系统、分系统的监视人员，包括运载、发射场、飞行器、有效载荷等方面的。第四排是工程总指挥、工程总师、首席科学家，以及任务下达单位的部门领导的座位。第四排之后，一个小台阶上面，是两排为观看发射的领导们准备的扶手椅座位。作为这个任务的首席科学家，林一坐在扶手椅座位前面，监测岗位最后一排的中间，看着面前几个显示着各种实时数据的屏幕，脸上努力表现得镇定，但心里仍然有抑制不住的焦急。这时，大厅里响起了0号指挥员的口令。

"30分钟准备！"

"华山明白！"

"青岛明白！"

"……明白！"

"……"

任务的代号是"2045K01"，这是国家空间科学系列卫星任务在2045年的第一个任务。这个任务是以林一为首的天文学家在大约 10 年前提出的，后经过了 5 年的预研和 5 年的工程研制，今天终于要发射了。

林一再次整理了一下白大褂里面的衬衣领子，又不由自主地扶了一下眼镜。这时，坐在他身边的工程总师王院士转过头，轻松地问道：

"怎么样？紧张吗？"

"有点儿"，林一如实说，"到底是十年磨一剑，希望能够一切顺利啊！"

"是的，每次发射，我们都有同样的心情，你是第一次参加航天任务，并任首席科学家，责任重大，有些紧张是自然的。"王总笑着说，说完又拍了拍林一的肩膀。

"不过这个时候，我们该做的工作都做了，紧张也没什么用，只能期望一切顺利，没有什么意外发生。"王总补充道。

"还可能会有什么问题呢？"林一焦急地问。

"这个也难说。根据以前的经验，火箭系统若存在潜在问题，自动报警系统会发出警报并终止发射程序；而卫星系统上的问题，这时就已经看不出来了，因为大部分设备都断电了，只有卫星平台的服务系统保留了最低的加电需求，处于待机状态。"

"如果一切正常，火箭飞行到设计轨道上的星箭分离点，卫星从火箭的上面级分离后，会自动打开太阳能帆板，开始通过太阳能给卫星供电。这时我们才开始对卫星的各系统进行测试，看看有没有问题。"

"那我们只有等到那时才能放下心来，是吧？"林一试探地问。

"只要星箭正常分离，火箭系统的任务就算圆满完成了，但卫星系统任务才刚开始；如果听到卫星系统供电正常、姿态正常的口令，我们就应该有90%的把握说任务成功了。"王总耐心且详细地解释道。

"明白，我们期待着听到'太阳能帆板打开，供电正常，姿态正常'的口令，托王总的福！"说完，林一反过来拍了一下王总的肩膀，脸上也显现出对王总充满信心的表情。

王总是老航天了，不知道已执行过多少次发射任务，但这一次他倒是第一次担任科学卫星的工程总师。工程总师的职责是制定和审核工程大系统的方案，协调各系统，如发射场、运载、卫星、测控、地面运控系统之间的接口和解决发生的问题，协助各系统总师分析和解决研制中发生的各类重大技术问题，并做最后的决策。在"2045K01"任务中，他尽职尽责，不但解决了大量技术问题，同时也帮助首席科学家林一分析了很多科学卫星特殊的技术需求，并提出了解决办法。在 5 年的研制过程中，他们已经成了很好的朋友和合作伙伴。

"15 分钟准备！"大厅里再次响起 0 号指挥员的声音。

"华山明白！"

"青岛明白！"

"……明白！"

"……"

感觉上仍然一切顺利！王总稳如泰山地坐在位子上，翻看着放在桌子上的发射手册。

林一有点儿焦躁，起身想到门外楼道里走一走，顺便去一下洗手间。他站起身，和王总说道：

"我出去一下，马上回来。"

林一来到发射控制大厅门外，楼道里人来人往，茶水台边聚集着几个人在闲聊，显然他们都是久经沙场的"老航天"了。

"林首席。"一个人在林一身后拍了他一下，叫道。

林一转身，看到了一个再熟悉不过的面孔——望远镜分系统的主任设计师韩旭。为了这个望远镜，也为了探测到离人类最近的"邻居",这10年来,他们几乎朝夕相处。韩旭此时本应该坐在前面第二排有效载荷监测岗位的座位上。显然,他也有点儿紧张,看到林一出来,他也跟着出了控制大厅。

"你觉得火箭发射没问题吧?"韩旭问。

"目前我们什么都无法做了,只能等着点火了。"林一学着王总的口气说,"我们的长征火箭都是金牌火箭,连续成功发射200多次了,我相信一切都会非常顺利的。"林一至少表面上表现出对成功充满了信心。

卫星上的望远镜分系统是这次任务最主要的有效载荷。无论火箭发射多成功,卫星平台多成功,如果望远镜出了问题,那任务一样不能成功,至少10年前提出的探测近邻系外行星的科学目标无法实现。林一是这样认为的。因此,从工程研制阶段开始,望远镜分系统就是林一最为关注的部分。哪怕是一点儿小问题,他都不放过,让韩旭必须认真归零——也就是要搞清楚出现问题的原因,通过实验让问题复现,再提出有效的解决措施,并通过实验验证措施的有效性,直到落实到位,把问题彻底解决。可以说,韩旭就是林一的"小跟班",或者是最主要的技术助手,或者可以说是这台望远镜的首席工程师。

"你对我们的望远镜有信心吗？"尽管林一心里对望远镜很有信心，他还是忍不住想问一下韩旭。

"当然，这望远镜由我们提出并已精心研制了这么多年，可能会碰到的问题，我们也差不多都碰到并解决了。可以说，只要火箭把它送到位，只要卫星平台一切正常，我们的望远镜就一定能看到目标，至少能看到那三颗被称为'三体星'的周围的几颗行星。"韩旭充满信心地说。

"好！我就等着听你的好消息了！"林一也觉得应该是这样。

林一今年已经50岁了，他个子不高，身材消瘦，戴一副细黑边的近视眼镜。从上初中开始，他就对天文感兴趣，那时他听了一个科普报告，报告人是当时一位知名的天文学家，他在报告中详细讲了人类探索系外行星的历史，可当有人问他有没有外星人时，他却说不相信有外星人，因为他认为我们人类的产生有很多巧合，太偶然了。他相信在宇宙中一定有很多和地球类似的、其表面有液态水存在的行星，并且也会有生命的存在，但这些生命一定不是像人类这样的智慧生命，因此至少在数千年内，我们无法和它们取得任何联系。林一对这个问题非常感兴趣。大学他选择了天文系，毕业后他加入了天文台，并在他40岁的时候，提出了这个用高精度测量的方法寻找系外行星的项目。这个任务的科学目标，就是观测距离我们太阳 20 光年以内的大约 30 颗恒星周边的行星，力图发现最接近地球环境的系外行星，也称为类地系外行星。为什么是 20 光年以内呢？在评审时当专家问林一这个问题时，他回答说："如果那里有智慧生命，我们发去问候的信息，再等它们答复，就需要 40 年。这或许是我能够等待的极限时间了。"林一认为，一旦发现并确定了那个目标，在这个距离内，人类天上和地面上所有的望远镜，都可以观测到它。当然，能不能发现那里有生命现象，甚至有智慧生命存在，我们无法确定。最重要的是得先找到它，而且因为它距离我们最近，所以，要先对它开展研究，而不是对几百、几千，甚至数万光年以外的类地行星开展研究。由近及远是林一提出的系外行星发现和研究的战略。

两个人喝了茶水、去过洗手间之后，回到了控制大厅里各自的座位上。

"1 分钟准备！"

"50 秒！"

"30 秒！"

"20 秒！"

"10、9、8、7、6、5、4、3、2、1，点火、起飞！"

0号指挥员的声音在大厅里回响着,大屏幕上的火箭底部出现了橘红色的火焰,导流槽的一侧卷起高高的水蒸气白云,巨大的火箭慢慢腾空而起。接着,主屏幕逐步切换成实测和模拟弹道图像,而实况视频则切换到侧边的屏幕上。因为有云,很快就看不到火箭了。主屏幕上是逐渐升高的实测弹道和背景中已经展示到很高高度的理论模拟弹道。可以看出,实测弹道并不是十分准确地沿着理论弹道在升高,而是不离其左右。这个细微的差别,在误差的范围之内。

林一的眼睛紧紧地盯着弹道曲线。屏幕上其他窗口显示的各种工程参数,包括速度、加速度、电压、电流数据等,林一通通顾不上看,有些也看不太懂。很快,第一级火箭关机,曲线的斜率发生变化,高度上升得慢了。紧接着,二级火箭点火,曲线的斜率又增大了,高度继续提升。当高度达到623千米时,大厅里再次响起0号指挥员的声音:

"星箭分离正常!"

瞬间,大厅里响起了热烈的掌声。这时王总点开了座位前计算机屏幕上的一个页面,指着其中一个参数让林一看。

"你看这里,这是卫星电压总线的电压信号。如果帆板顺利打开,这里将变为'28 V'。"王总说道。

大概又过了10秒钟,屏幕上的电压值出来了,显示的是"28 V"。王总高兴地说:

"帆板打开正常,总线电压正常!"

"太好了!"林一高兴地看着屏幕说。紧接着他转过身,和王总紧紧握手。

"祝贺,祝贺!"王总一边和林一握手,一边说。

"姿态怎样?"林一忍不住问王总。

"姿态也很好,不然帆板也不能稳定发电,卫星平台应该一切正常!"王总确定地说道。

"太好了!"林一悬着的心终于落了下来。

这时发射场系统的总指挥走上大厅前面的讲台,他从上衣右边的兜里拿出一份事先准备好的稿子,向大家宣布:

"'2045K01'发射任务取得圆满成功!"

瞬时,大屏幕上的图像和曲线也都消失了,红色的背景上显示出了一行大字:"2045K01"发射任务取得圆满成功!

据说他上衣左边的口袋里还有另一篇稿子,是应对发射不成功的。每次发射都是这样,但是左边口袋里的稿子从来没机会掏出来过。

大厅里的所有人都沉浸在兴奋之中,经过5年的工程研制，这颗科学卫星终于成功地上天了。大屏幕前是一批又一批照相的人们。王总和林一，也被人们簇拥着，和不同系统、分系统，不同单位的研制团组们合影留念。

（二）

简单吃了几口盒饭，林一、王总、卫星系统总师，以及韩旭等来到机场，等待飞往测控中心的转场专机。

测控中心位于中国的中部，距离发射场1 000多千米。卫星进入轨道之后的一系列动作和收到的工程参数，都会汇总到测控中心。在那里可以第一时间看到这些数据。因此，发射之后的转场，就是由任务安排的专机，把工程主要人员接到测控中心去。

在从发射场到机场的专车上，林一发现韩旭在不停地接电话，脸上的表情严肃。因为他坐在前面，听不太清楚坐在后面的韩旭在电话里说什么。一到候机室，林一就问韩旭卫星的情况如何。刚好韩旭的电话又响了，他拿起电话，只听到他说：

"再试一次了没有？"

"……"

"哦。"

"……"

"下一圈过境是什么时候？"

"……"

"好的，再想想是什么原因，我们两小时后到。"

放下电话，韩旭向林一和王总报告：

"卫星平台一切正常，上一圈过境发出了望远镜打开保护盖指令，但是目前显示没有执行。下一圈过境要6小时以后，我让大家想一下是什么原因。"韩旭力图平静地说。

"保护盖解锁是什么机构？"王总问。这样的设计细节，工程总师一般是不过问的。

"是一个爆炸螺栓固定的弹簧机构。"林一很清楚这个设计，所以代替韩旭回答道。

这时天上传来了几声雷声，看样子要下雨了。王总秘书来到贵宾休息室，低声向大家说：

"专机可能因天气原因无法起飞，机场让我们等待，何时起飞还没有通知。"

发射场位于南方，夏季的下午时段多雨，遇到低空雷电，飞机不能正常起飞也是常事儿。刚才都站起来听韩旭介绍情况的王总和林一这时都放松了一点儿，坐到沙发上，一言不发，思考着如何诊断这个突发的保护盖问题。

韩旭也在沙发上坐了下来，补充解释道：

"我们对爆炸螺栓做过抽样试验，那一批产品的可靠性是符合标准的。不确定是不是电路上的问题，我正在让设计人员核对其他工程参数，看看有没有什么异常。"

（三）

专机在中部城市徐徐落地。任务团队的接机人员把王总、林一和韩旭等直接送到了测控中心的会议室。

会议室里坐满了人，除了卫星平台各分系统和有效载荷分系统在这里值班的人员外，还有测控中心的技术人员，他们具有处理各种在轨问题的经验。

乘转场专机来的人刚落座，测控中心主任就开始发言。

"王总、林首席，你们来的时间正好。K01星下次过境的时间是一个半小时以后，我们讨论并确定救援方案后，就可以把指令上注执行。下面先请卫星系统高副总讲一下情况和方案设想。"

任务发射后，测控系统就主要由参与后续在轨测试阶段的单位牵头，所以会议由测控中心主任来主持。高副总是卫星系统测控分系统的分管副总师，他负责制定具体的救援方案。这时，高副总开始发言。

"王总、林首席，基本情况你们已经清楚了。在你们飞机起飞后，我们对已经掌握的所有工程参数进行了梳理和分析。目前发现只有一个位置的电压参数不正常，就是和打开望远镜保护盖的控制电路相关的综合电子板上面的'V25'电压。这个电压的正常值应该是'+12 V'，但是目前显示是'0 V'，其他相关工程参数均正常。"

"这说明什么？"王总和林一几乎同时问道。

"这是保护盖是否打开的一个指示电压，如果是'+12 V'就说明保护盖已经打开了，如果是'0 V'，就说明保护盖还没有打开。但是为什么保护盖没有打开，我们还无法判断原因。目前的方案是，在下一圈过境时，下载保护盖打开动作前后的工程参数时序图，看看爆炸螺栓的点火电路是不是接通过。如果没有接通过，就说明有指令漏执行的情况。这个有可能是受空间单粒子事件的影响，对此我们将在今晚的第二圈过境时，上注指令，对整个有效载荷综合电子板进行复位操作，重新制定时序，对爆炸螺栓再次加电，并在后续一圈判断'V25'参数是否正常。如果从时序图上看到点火电路正常，那也许问题出在爆炸螺栓上。这需要进一步的分析，看看下面应该采取什么措施。"高副总一口气把目前的初步方案说完。

"我们将密切关注卫星轨道和目前空间环境的变化，具体执行上述方案。"主持会议的测控中心主任补充道。

"好吧，同意目前的初步方案。请卫星系统尽快同步开展地面复现试验，一旦有结果立即报告。"王总表了态，并提醒道。

临时召开的故障分析会议结束了。王总和林一离开会议室，在项目工作人员的带领下，去餐厅吃晚饭。在K01再次飞越中国地面站上空之前，他们有一个多小时的时间。

餐厅里，林一坐在王总对面吃着自助餐。他心里非常焦虑，这个事故真是非常的意外。他无论如何也没想到望远镜的保护盖没有打开。这个保护盖就如同照相机的镜头盖，是在测试、发射阶段保护望远镜镜头的，入轨后需要把它打开，望远镜才能正常工作。为了确保望远镜镜头不受到灰尘的污染和意外的伤害，在保护盖上还加了另一道保险，就是一个手动的插销,这个插销在发射前的最后阶段需要人工把它拔下来。为了不忘记这道操作工序,插销把手上还拴了一根红布条,上面写着"发射前拔掉"的字样。突然,林一想到,是不是操作人员忘记拔掉那个插销了?他惊出一身汗,起身四处寻找韩旭。

韩旭这时坐在距离林一不远的地方,看到林首席叫他,马上放下筷子迎着林一走了过来。

"首席,什么事儿?"韩旭问道。

"保护盖上那个插销拔掉了吗?"林一小声但急促地问道。

"拔掉了啊,那个红布条还在我这里。"韩旭说完,马上回到他坐的地方,从双肩背包里拿出了那个红布条,回来交给林一。

"您看就是这个,上面的标号是'25',就是保护盖上的那个插销。"韩旭确定地说。

林一接过红布条,仔细地看了一下,确认是保护盖插销上的,这才放下心来。

"这最后一道操作工序,我们安排了双岗,一个人操作,另一个人确认,我可以请操作人员来向您具体汇报一下。"韩旭补充道。

"不用了,这个操作应该是很明显的,不会在这里出错。"林一自言自语道。

(四)

林一躺在测控中心招待所的床上,辗转反复睡不着。刚刚三次过境都结束了。从第一次过境下载的时序图上看,电路是没有问题的,在确定的时间,启动爆炸螺栓的电流是接通了的,持续时间也是有效的。第二次过境重启了电路和重新设定了启动爆炸螺栓的时序,但是第三次过境时,"V25"仍然是"0 V",保护盖没有打开。地面电路分析也证明,电路没问题,那问题只能出在电路板和爆炸螺栓的连接器,或者爆炸螺栓本身的质量上。

连接器,也叫接插件。为了保证这里不是单点失效,这条启动爆炸螺栓的电路是双线设计,也就是为了避免单点失效,用了两条线、双头的接插件。即使一条没接好,另外一条也可以保障电流的畅通。按照技术人员的说法,这样的设计在以往从没有出过问题。

爆炸螺栓是定点企业生产的,他们的质量可靠度是

"5个9",也就是99.999%,10万个产品里面才会出现1个质量问题,因此也不应该怀疑爆炸螺栓的质量。那么问题出在哪里呢?

林一的思绪不由自主地回到了这个任务的科学目标上来。万一这个保护盖打不开,那这个任务的科学目标就无法实现。因为这个望远镜是K01任务的主载荷,没有了它,这个科学卫星任务就可以说是完全无法完成了。作为首席科学家,林一将无法对天文界、对科学院领导、对所有参加任务的人交代……

如此重的担子,压得林一有点喘不过气来。他不由自主地翻了个身,思绪回到了10年前。

对系外行星的探测与研究从21世纪初开始,就成为天文学界的一个前沿方向。那时M国的一个系外行星探测计划,用凌星法发现了几千个系外行星。但是仔细看一下,那几千个系外行星,都距离我们很远很远。最近的也有好几十个光年,而且公转周期大多数不超过100天,有的只有十几天,且距离其宿主恒星很近。有人说,这些发现对判断我们人类是否孤独只是哲学层面的,无法做进一步的研究。我们应该首先关注我们的近邻,比如半人马座α的三颗星中距离我们最近的比邻星,以及稍远一点儿的类太阳恒星周边的行星。

也就是说，为了寻找我们"是否孤独"的答案，应该由近及远地开展探索。之后科学界开始关注并探测近邻的恒星系，并在比邻星附近看到了几颗行星，但发现它们不是类地行星；有一颗虽然比较像地球，但是由于比邻星的紫外辐射和粒子辐射太强，也很难想象它上面会存在生命。这些探测多少有些收获但还远远不够，我们需要做普查，由近及远地一个一个找，直到找到距离我们最近的那颗类地行星。这其实就是林一所领导的团队提出 K01 任务的最初想法。

10 年前，林一提出，用一个高稳定度的望远镜来观测近邻的恒星，并在它背后很远的地方，比如数千光年以外找 6～8 颗参考星，然后测量这颗近邻恒星与那些参考星之间距离的变化。这个目标恒星周围的行星在围绕它旋转的时候，会对它的位置产生微小的引力摄动。参考星也会有这种摄动，但是因为参考星远离这颗目标恒星，所以那些参考星的微小摄动和目标恒星受到的摄动相比，可以忽略不计。只要测量精度超过目标恒星的摄动，经过一段时间的观测，将这些摄动的频率做一个傅里叶变换，就可以得到围绕它旋转的那些行星的轨道周期及质量参数。这个想法提出后，科学院领导给予了高度重视，并立即批准这个项目进入预研，先突破高精度天体测量的关键技术。经过了5年的预研，K01任务得到了批准，进入到工程研制阶段。

（五）

林一迷迷糊糊地躺了一夜，几乎没睡。第二天早上，他在餐厅里碰到了也几乎一夜没睡的王总。

"早上好，王总。爆炸螺栓会出问题吗？"林一急切地见面就问。

"我一夜都在想这个问题，目前看似乎没有别的地方可以怀疑了。"王总沮丧地说。

"可我们在选择爆炸螺栓厂家和质量审核时，都非常重视，难道我们真的碰到了十万分之一的坏运气了吗？"林一无奈地说。

"早期的时候，也就是大约60年前，我们的爆炸螺栓确实出过故障，但是近50年来，这类螺栓的质量有所提高，上天后再没有出过任何故障。"王总说道。

"那有没有其他办法，可以让保护盖打开呢？"林一不得不先暂时放弃对爆炸螺栓的关注，想看看经验丰富的王总有没有解决办法。

"如果是机构方面的问题，哪里卡住了，可以用加速平台自旋，提高离心力的办法试试看，以前也有用过这样的救援方法。但这次明显不是哪里卡住了，而是爆炸螺栓没有起爆、解锁，因此用这个办法不行。"王总也在思考还有没有什么其他办法。林一听完，只能失望和无奈地看着王总。

吃完早饭，他们再次来到会议室，大家差不多也都到了。昨天晚上上注新的时序，再次发出解锁保护盖的动作指令后仍然没有效果的消息大家都知道了，所以会场上充满着失望和无奈的气氛。

这时，测控中心主任走了进来。他就座后，大家也纷纷落座。主任开始讲话：

"大家早上好！昨天的情况大家都知道了，到今天早上，还是没有找到出问题的原因和解决的办法。但是我们的轨道分析组发现了一个问题，请大家一起分析一下。"刹那间，会场上鸦雀无声，所有人的眼睛都盯着主任。

"轨道分析表明，在第一次解锁指令发出之前大约半小时，轨道参数显示原来的轨道发生了稍许偏移。本以为是测距误差引起的，后经过反复核对，测距数据非常稳定，也就是说，在这之前很稳定，在这之后也很稳定。"主任继续说道。

"那会是空间碎片吗?"王总问道。

"是的,我们分析可能是一个质量比较小的空间碎片与K01发生了碰撞。我们的轨道分析人员查找了这个时间点之前的已知的空间碎片数据库,确实发现了一个碎片云的轨道和K01的轨道有一定程度的重合的可能性,虽然它们之间还有一定的距离——那个碎片云的中心轨道与K01轨道交汇处的最近距离大约为150千米,但是不能排除碎片云边缘的小碎片会有与K01发生碰撞的可能性。"主任继续说道。

"什么叫碎片云?"林一问。

"在近地轨道上时有碰撞发生,碰撞引发的爆炸常生出很多大小碎片,这些碎片在长期的运行中,由于受到太阳光压和空间环境中微薄的大气阻力变化等的影响,逐渐演化形成云团状而被称为'碎片云',其范围可达数十千米,甚至更广,如果考虑很难观测的微小碎片的话。"主任解释道,"此外,由于碎片云不容易观测,对其轨道的预测也不是很准,因此我们掌握的数据也可能有较大的误差。"他继续补充道。

"如果真是这样的话,那确实存在爆炸螺栓的控制导线或 K01 的其他部分被微小碎片击中，出现断路的可能。"王总说道，"请卫星系统仔细分析下其他电路板或结构机构的工程参数，看看有没有被碎片击中的损伤。"

"好的，我们马上全面查一下，之前只检查了和爆炸螺栓相关的电路。"高副总说完站起身，走出了会议室。

"根据轨道参数的变化，我们的技术人员正在计算，如果是碎片撞击，可能的动量是多少？也就是说如果是金属碎片，大概是多大的尺寸？我们暂时休会，一会儿两个方面的数据出来后，我们再复会。"测控中心主任说。

大家来到楼道里。王总拿着一杯茶水在踱步。林一过来问道：

"您觉得这个分析方向对吗？"

"我觉得有可能。近年来空间碎片虽然得到了有效的控制，比如每颗低轨卫星在寿命终止后都有离轨的要求，也就是说，要使用自己所带燃料降轨，最后在大气层中烧毁。但是由于卫星的寿命总是在延长，所以轨道上的卫星数量增加很快。有些卫星延寿运行后，突然失效，即使有燃料可以离轨，但是已经无法接收指令了。因此，所谓的离轨要求实际上有很多卫星并没有执行。这些都给近地轨道空间带来威胁。"王总解释道。

"这样啊，那我们一定要选择这条近地转移轨道吗？"林一突然意识到这个转移轨道的选择是王总最初在论证时拍板定的。

"目前真正发生过碰撞的卫星计划还是屈指可数的。记得去年有一次，一个大碎片威胁到我们的气象卫星，我们的气象卫星就立即做了规避动作，也就是改变了轨道，降低了碰撞的风险。此次我们的目标轨道是日地拉格朗日 L2 点，距离地球约 150 万千米，那里几乎没有空间碎片。目前我们是在转移轨道上暂时停留，还没有启动上面级发动机。要到达目标轨道，这个低轨道的转移过程是不能避免的。"王总回答说。

这时，控制中心的人过来叫大家回会议室了。

会议室中人员全部到齐，都在等待着刚刚得出的分析结果。

还是测控中心主任先开场："我们分析了 K01 轨道变化的速度增量，如果碎片是正侧面撞击，也就是以 90 度的攻角撞击，碎片的尺寸在 2～5 厘米。这样小的碎片，我们无法观测到，因此在碎片数据库中没有编号。请卫星系统介绍下数据分析情况。"

高副总听完了主任的发言,似乎有点儿信心了,他马上说:"我们分析了所有工程参数都没有发现异常。但是在回放太阳能帆板的监测视频图像时,发现了一点儿异常。"他把图像投影在了会议室弧形的大屏上,接着说:"这个工程相机是用来监测太阳能帆板的展开过程和实施状态的。我们查看了昨天下载的一段图像,大概就在轨道发生变化的时间段前后,在图像边缘,正好可以看到望远镜镜筒的中间部分,我们发现从昨天13时34分之后,在镜筒边上好像出现了一个小孔。"他这时把鼠标移到大屏幕上的图像边缘,大家可以看到那里有一个斑点。

"我再请大家看看这个时间之前的图像。"他又展示出一幅13时25分的图像。同样的画面,镜筒边上的斑点不见了。

"啊,那个地方正好是爆炸螺栓启动导线经过的地方!"韩旭禁不住脱口而出。

"是吗?你确认吗?"林一着急地高声问道。

"是的,在第三象限,我们的导线从平台穿出,沿着镜筒壁布线,正好在那个位置的后面。"韩旭的声音似乎带着哭腔,确定地说。

"好吧,看来是导线被打断了,这和电路上'V25'电压

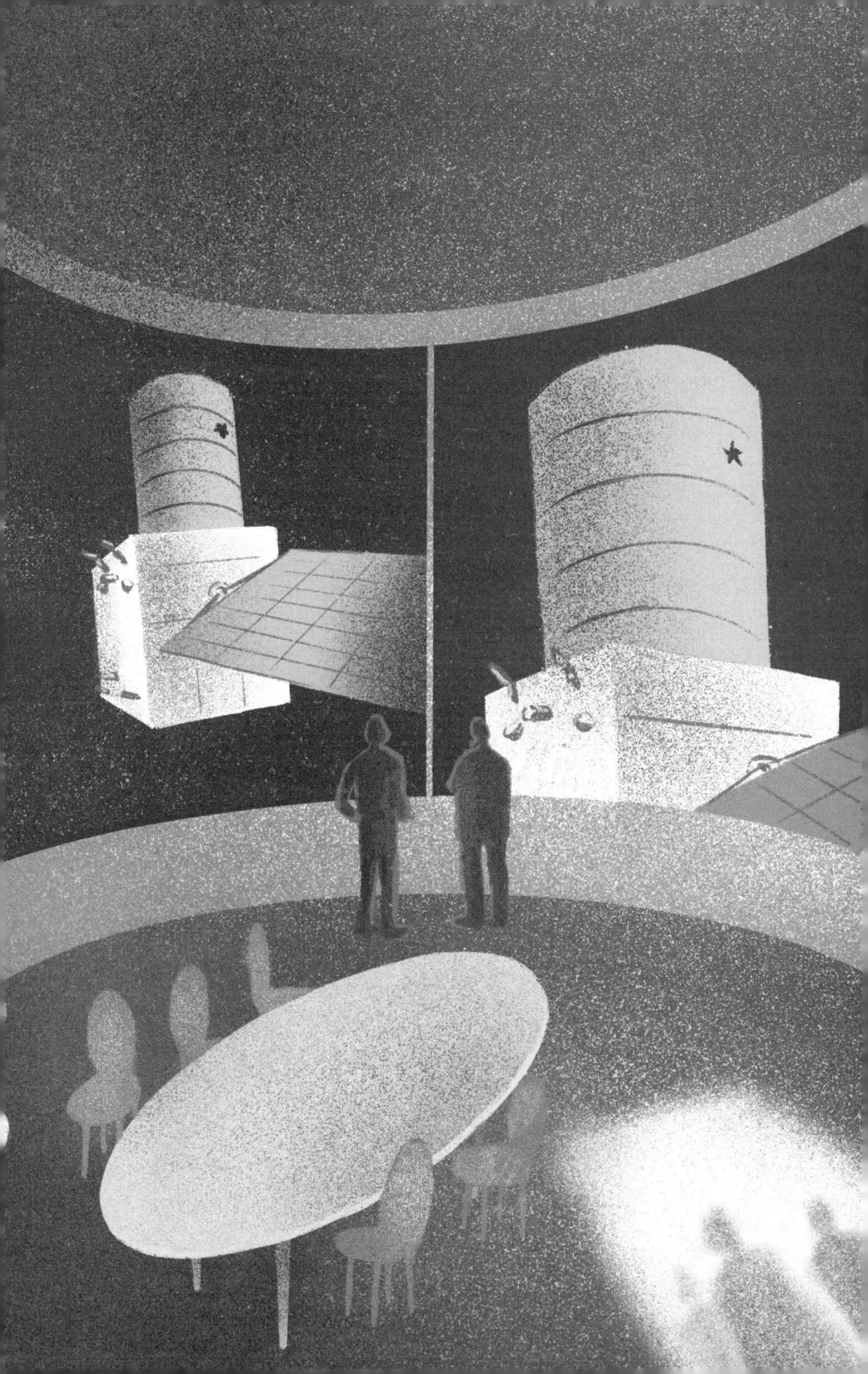

的异常对上了。"王总的声音透着无奈。

"请卫星系统牵头把这两个图像再仔细分析一下,请有效载荷分系统再次确认爆炸螺栓启动导线的位置,最后结合测控系统的轨道数据,写成故障报告,明天我们开故障分析评审会,请测控系统安排会议事宜和聘请评审专家。"王总这时下了最后的命令。

参会人员陆续离开了会场。

最后仍然坐在座位上的,只剩下两个人,林一和韩旭。

第二章
青藏高原

（一）

两个月后，由于望远镜保护盖始终无法打开，K01任务指挥部决定，放弃飞往拉格朗日L2点的原任务方案，改为飞到拉格朗日L1点，也就是永远处于太阳和地球之间的那个引力平衡点，利用卫星上的空间环境有效载荷，在先于太阳风到达地球的位置上，做到达地球的太阳风就地监测，开展空间天气预报。由于其科学目标改为应用目标，且所涉专业并不是林一所长，他遂辞去了K01任务首席科学家的职务。

飞机向四川的西部飞行，坐在窗边的林一向下望去，刚刚还在近万米的飞行高度好像一下子降了下来。距离下面那些山峦和沟壑好像只有两三千米的高度。林一知道，这不是飞行高度的变化，而是飞机已经飞进了青藏高原，地面上的海拔升高了，所以和飞机间的距离也变得更近了。向地平线方向望去，可以看到一座远高出其他山峦的雪山，那也许就是贡嘎雪山了，虽然距离很远，但还是可以感受到它那海拔7 000多米、一览众山小的巍峨。

测控中心的故障分析评审会，对K01星望远镜保护盖的故障做出了认定。所有专家都没有异议，全部同意是空间碎片击中了爆炸螺栓的启动导线，使导线断路。这个结论彻底击碎了林一的所有幻想。对此，王总也表示非常的遗憾和无奈。一方面是运气问题，另一方面他也想到，为了防止空间碎片的问题，以后单点失效的双备份导线，是不是应该分开布线，而不是布在一起？布在一起从"空间"的角度看其实还是一条线，遇到碎片这样的问题，并没有起到备份的作用。

就在林一对任务的前景心灰意冷的时候，他中学时期的好朋友，目前也在科学院工作的严景，邀请林一去看看他的地面射电望远镜。这个望远镜位于四川省甘孜州的稻城县金珠镇，这里海拔 3 820 米，是一个非常漂亮的风景区。严景一方面想让林一散散心休息一下；另一方面也想和他讨论一下这个观测太阳的望远镜在夜天文方面拓展的问题，也就是除了任务安排的白天看太阳，夜里是否也可以顺便看看星星。林一正想换换脑子，重新整理下思路。严景的邀请一提出，他马上就答应了。

（二）

在成都换了飞机，竟然是高动力可以飞高原的 C919，大约 1 小时就可以抵达稻城亚丁机场。

这时也不知道是飞机在下降还是下面的山峰越来越高，飞机逐渐接近地面，降落在了一个山顶上的机场。降落过程很平稳，但是当乘务员打开舱门的时候，林一感觉到呼吸困难，一下就有了来到高海拔地区的感觉。走出机舱时他的感觉就像是腿上灌了铅，步伐缓慢而沉重，呼吸上气不接下气。从廊桥到自动扶梯只有二三十米的距离，但是所有人都走得很慢。从扶梯下到行李大厅，高度也就下降了四五米，但是感觉似乎好了一些。

在出口，林一看到了被太阳晒得黝黑的严景在挥手，他赶紧快走几步迎了上去。

"哈哈哈，林首席，终于又见面了！怎么样？这高原反应还行吗？"严景一边拥抱着林一，一边笑嘻嘻地说道。站在旁边的藏族司机师傅，走上前给林一挂上了一条白色的哈达。

"还好，还好！"林一喘着气逞强地说，"早就想来你这里学习……不要叫我首席了，我已经不是首席了……现在肩无重担一身轻了……谢谢邀请！"他断断续续地、上气不接下气地接着说。

"走，我们慢慢聊！"严景知道林一说话大喘气，不便多说，就帮他拉着行李向外面不远处的停车场走去。

出了行李大厅，外面是碧蓝的天空，空中飘浮着几片白云。空气虽然稀薄，但是大气的透明度极高，阳光明亮得刺眼。

在走向停车场的过程中，严景和林一在机场的大石碑前拍了一张照。石碑上写着："世界海拔最高民用机场，4 411 米。"

（三）

车子在 227 国道上一路向下，向金珠镇驶去。公路是沿着山沟中的一条溪水修建的。溪水清澈且湍急，落差很大，遇到大石头则激起白色的浪花，传来响亮的"哗哗"声。山沟两侧是倾斜的山坡，长满了笔直的柏树和杉树，森林和溪水之间是绿色的草地，山间是蓝天白云，构成一幅完美的图画。不时地，还可以看到黑色的牦牛在草地和山坡上缓缓移动。它们移动的速度，与天上白云飘浮的速度，就像是商量好的一样，都是慢慢地，且那样地同步。

突然，车慢了下来，停了下来。原来是牧民赶着一群牦牛正在穿越公路。这里的规矩显然是车要让牛先过。

"它们是'高原交警',不让你超速行驶。"严景笑着对林一说。

林一这时感觉好多了,一是因为对高原的气压开始有点儿适应了;二也是因为他们从机场出来后一直在向下走,这里的海拔已经不足4 000米了;更因为这里的风景完全吸引了林一的注意力,让他忘记了刚才下飞机时的难受劲儿。

待牦牛群慢慢通过了公路,车子又行驶起来。

"你们这里真是风景区啊!我已经有点儿陶醉了。"林一禁不住夸奖道。

"是的,这里虽然是高原地带,但是并不缺少降水,所以植被非常丰富。夏天的时候,绿色的叶子由于光合作用可以产生大量的氧气,所以并不会感觉十分缺氧。"严景自然很喜欢听到别人对这里的夸奖。

很快,车子进了金珠镇,沿着镇子西侧绕行不远,林一看到了远处一片很大的草甸之中有一个由许多白色的小点儿组成的巨大的圆环。

"那里就是你们的望远镜吗?"林一指着前面的圆环问道。

"是的,这个射电望远镜阵列在直径1 000米的圆环上有313部直径6米的抛物面天线,中间有一座100米高的中心定标塔。也有人管它叫 π 望远镜，因为周长正好是 π 千米，也因为 313 部天线再加上中间的定标天线，就是 314 部天线。"严景自豪地回答道。

"啊，好震撼！"林一感叹道。

不一会儿，车子穿过圆环边缘，开到了圆环中心处的一座建筑旁，停了下来。

这里是这个望远镜的控制中心，玻璃房子的一层是一个植物园，种的应该是四季常青植物，即使是寒冷的冬天也是一片翠绿，这在海拔 3 800 多米的高原会给科研人员和游客一种舒适的感觉，并在白天有阳光时提供更多的氧气，这里像是个世外桃源。二层是 360 度开放的控制室。在这里，可以清楚地看到所有 313 部天线。南面窗前的长桌子上有一排计算机屏幕，这里是值班人员工作的地方。在白天，所有天线会像向日葵一样朝着太阳的方向转动，从太阳升起时朝向东方，到落日前转向西方。即使是阴天，由于射电波可以穿透大气层，它们仍然会朝着肉眼看不见的太阳的方向旋转，比自然界的向日葵要"聪明"得多。在夜间，所有天线则根据观测的需求，指向特定的星系，并随着地球的旋转，连续跟踪该星系。这个望远镜是为观测太阳而立项的，但是建好后，严景感觉也可以为夜天文，也就是观测星系做贡献。这也是他邀请林一来的原因之一。在二层，中间是电梯厅，周围有会议室加两间办公室，一个兼作工作人员小餐厅的咖啡厅，以及卫生间。三层是游客参观的平台，也是青少年科普教育基地，包括可以走到室外去拍照的露天平台，也是360度开放的。建筑的中心是一部电梯，可以直通100米高的定标塔的塔顶，但只对工作人员和维修人员开放。

参观了一圈之后（包括上了定标塔的塔顶），林一和严景回到二层的咖啡厅坐下。

"你知道，我们的望远镜需要建在低纬度的地方，这样可以在冬季更长时间地观测太阳。其实我们射电观测不需要高海拔，因为我们无须考虑大气视宁度的稳定问题，但我们需要无线电环境宁静的地方。在中国，低纬度、低海拔的地方大都人口密集，无线电环境不好。这里同为低纬度，但四面环山，中间是一块平地，由于有山的阻挡，电磁环境非常好，特别适合我们建设这个阵列。此外，我们需要为科研人员，包括来访的各国的科研人员找到一个比较有吸引力的地方，比如风景宜人，可以住在这里安静且不受打搅地工作一段时间。对于光学望远镜则需要到高原上，找到大气视宁度稳定的地方。甚至越高的地方越好。"严景介绍说，"我们的设计目标是日天文，'看太阳'，建成后我们发现晚上我们的设备也可以工作，那为什么不做一些夜天文的工作呢？比如我们可以观测这个频段的脉冲星。关于夜天文观测，这次请你来，特别想听听你的建议。"

林一本来就想问，这个频段的射电望远镜不需要考虑大气视宁度，为什么选一个海拔这么高的台址呢？通过严景的解释，他明白了，是因为电磁环境的问题，在低海拔找不到合适的地方。确实，这个射电望远镜是可以做夜天文的，在这个频段做巡天也很有意义。他建议道："夜天文有很多观测内容，在射电频段你们这个望远镜的空间分辨率很高，可以针对某些特定目标开展观测，或者做巡天观测。"

"是的，真是想一块儿了，我们也正好想尝试巡天观测，这个频段的巡天还是很特别的，以后争取和其他望远镜一起观测一些特定的目标，补充射电频段的内容。"严景同意林一的建议。

"我们选择这里，还有一个很重要的原因。"严景回到选址的问题又补充道，"就是在稻城这里有10个大科学装置，除了我们之外还有高海拔宇宙线观测站、12米孔径红外望远镜，以及气象卫星的定标装置等。这里是一个大科学装置的集群，在建设和运行的过程中，大家碰到的问题都相似，因此地方政府很容易帮助我们解决。对科普活动来说，来一次可参观好几个大科学装置也很方便，这里还有一个天文科普公园和博物馆呢！"

"啊，看来这个也很重要！"林一自言自语道。

"你如果想看看那几个装置，我可以带你去参观。"严景说。

林一确实也想去看看，特别是那个12米孔径红外望远镜。他早就知道这个由南方大学建设的台站，但是并不认识他们这里的负责人。这次有严景介绍，他当然应该去看看。

（四）

车子行驶了大约30分钟，严景带着林一来到了红外望远镜观测站。观测站在稻城县郊区的一个山顶上，海拔5 000米，但仍然可以看到一些绿色的植被，绒毛般的草坪和间或出现的一些小黄花。

值班人员小李站在门口迎接他们。他认识林一，但是林一并不认识他。

"林首席好，我们王院长接到严老师的电话，特别嘱咐我安排好您的参观。"小李热情地说道。

"王院长提到 K01 计划中望远镜的保护盖没打开时，说我们地面望远镜的优势就是它可以维修，大不了人爬上去修。"刚说完，他就看到林一脸色不好看，马上止住，忙补充道，"当然，如果保护盖打开了，空间望远镜的稳定度肯定要比地面上好得多。要不是那个碎片的问题，也不至于打不开。"

"小李，你介绍下你们这个望远镜吧！"严景及时地止住话题。小李把他们带到会议室，打开计算机和投影仪，开始了介绍。

12米红外望远镜是中国目前最大的红外望远镜。它从计划的提出开始就经历了反复的论证，后采用了四次反射的方案，确保了望远镜高空间分辨率的特性。我们的目标是在红外波段开展宇宙学研究，所以需要很高的空间分辨率，因此焦距较长，采用四次反射的方案，虽然对精度要求高，但是可以将望远镜的体积减小。

他们走出会议室，从后门出去，眼前就是一个巨大的球形圆顶。进入球顶观测楼，映入眼帘的是一个巨大的望远镜。由于此望远镜用于夜天文观测，白天处于不工作状态，穹顶可移动的天窗并没有打开。在室内不很明亮的灯光下，望远镜更显得神秘。12米光学孔径，说的是有效部分，加上它的结构和转台机构等，显然要比12米更大，是一个超过5层楼高的设备，这还没有包括地下的部分。

"林首席是专家，我就不班门弄斧了。唯一可以介绍的就是，这是一个四反射镜结构，这样可以将结构做得紧凑一些。结构紧凑对温控和重量都有利，从而可以更好地保持精度。"小李介绍道。他一边说着，一边操作望远镜转了起来。可以看到，2楼上面的部分开始慢慢地围绕垂直轴水平转动。更上面的部分，随着水平转动又叠加了一个望远镜俯仰角的转动。因为结构巨大，所以整个观测室内都回响着机械转动的"隆隆"声。在望远镜转动了大约20度后，小李停下了动作，带林一和严景上楼。他们来到4楼，从这里可以俯瞰望远镜，光滑的镜面一尘不染，可以看到它是由很多小块的镜片拼接起来的。

"每个子镜面的后面都有自动控制的位置调节器，用来克服随机的大气湍流和望远镜转动中地球重力带来的影响。其平面波校正的反馈信息来自我们从这里射向空中的一束激光，根据激光从大气反射回来的信息，再自动调整每块镜面的位置和角度，从而达到最优的效果。"小李继续介绍说。

"啊，这很好。我们的空间望远镜不需要这个，一没有大气干扰，二没有重力作用，所以从这个角度讲，还是空间望远镜好。"林一终于找到了反击的机会。

"哈哈哈，你们要想达到同样的分辨率，孔径也比地面望远镜要小多了。"严景开始为林一帮腔。

"是的，但是空间望远镜需要火箭发射和卫星平台的支持，这个需要投入大量的财力、物力。最重要的是，我们王院长说，地面设施最大的优势在于，它的运行时间长，可以用数十年，出了问题还可以维修。"小李也不示弱。

林一想到了数十年前 M 国的太空望远镜，为了便于维修，采用了航天飞机的发射方式并运行在航天飞机附近的轨道上。虽然一上天就出了问题，但幸好采用了航天飞机的轨道，两年后将新的配件送上天，由宇航员进行了更换，确保了它能正常工作。之后连续工作了 30 年。但因实验设计需要，我们的 K01，还有很多其他空间望远镜，都不运行在空间站的轨道上，甚至要定点在远离地球的拉格朗日 L2 点，是根本无法维修的。

他们从观测楼 4 楼下来，回到了会议室。林一终于问出他最想问的问题：

"你们为什么选择在这里建这个望远镜呢？"

"我们选择了很多地方,比如青海,那里海拔比这里还要高一点儿,全年的大气视宁度也很好,比这里还好,但是由于常年有风沙,对精密的光学望远镜镜面有损害,所以实际可用的观测时间还不如这里。另外,这里靠近旅游景区,对来我们这里观测的科学家有吸引力,也对科普有好处。"小李答道。

林一笑了一下,转头看了看严景。显然,他听到了和严景类似的回答。看来,大科学装置的修建靠近景区还是一个不错的选择。

就在他们走出会议室的时候,小李突然说道:

"林首席,我们王院长还有一句话想让我转告您,如果有可能,他希望您把K01望远镜的工程样机放到我们站上来,我们提供观测支持。"

"什么?你是说让我把空间望远镜放到地面上来?"林一惊讶地问道。

"是的,虽然观测条件,比如大气视宁度,比不上太空,但是也许可以帮助您获得些数据,总比没有强吧!王院长就是这个意思。"小李肯定地说。

"谢谢你们王院长!我觉得没有可行性。"林一肯定地说。

小李没有再说什么,他也只是转达一下领导的话。最后他说道:

"欢迎你们下次晚上来参观,我们的观测都在晚上,届时这里没有灯光,包括值班室内的灯光都不许泄露出来,要拉上厚厚的窗帘;也没有路灯。就是用肉眼看银河都很震撼呢!"

"好的,我们一定再来,谢谢你!"

严景带着林一上车,车缓缓开出了观测站的大门。

(五)

晚饭,严景邀请林一吃烧烤。在露天的烧烤店旁边,是一个敞着前厅门的酒吧。歌手坐在椅子上,抱着一把吉他在弹唱。藏族流行歌曲节奏很强,感染着周边的游客,一些人驻足在酒吧外面,免费听歌。

严景和林一面对面坐着,喝着当地产的啤酒,吃着服务员送上的刚烤好的各种串串。很快,桌子上的一个空盘子里已经叠放着几十根吃完串的竹签了。

"今天小李说的工程样机是什么?"严景这时才想起来下午的那个问题。

"那是我们研制最后飞行用的望远镜前,为了做各种实验用的望远镜。"林一答道。

"那个样机能用来观测吗?"严景接着问。

"看用在哪里了。上天用肯定是不行的。因为我们用它做了大量的实验,这些实验的强度大大超过了上天后它将遇到的最恶劣的环境。我们叫加量实验。"林一说,"如果将它用于飞行件,它的寿命将达不到要求,那些电子元器件很可能都已经受损了。"

"为什么要做如此严酷的实验呢?"严景不解。

"因为工程样机就是用来发现问题、发现薄弱环节的。将问题先暴露在地面上,然后找到解决措施,并修改设计;再在飞行件生产时落实,使飞行件具备更高的可靠性。"林一解释道。

"哦,那如果把它用于地面观测也许可以,因为即使哪里出了问题,还有维修、更换的可能性,是吧?"严景问道。

"但是我们望远镜的孔径只有 2 米,受地面上大气湍流和水汽的影响,我们的观测精度会达不到要求,也许只能等同于 0.5～1 米孔径的望远镜。这对实现我们的科学目标是不够的。"看来林一也思考了这个可能性,结论是不可能。

"嗯,我明白。加上这里的海拔也不是很理想。若真要用,还得再找找更高一些的地方呢!"严景看来也在想办法,作为好朋友,他很想帮助林一尽快走出目前 K01 的困境。

"高能高到哪儿去呢?珠穆朗玛峰吗?先不要说那里的大气环境,就说如何在上面建造一个望远镜观测基地,太难了。而且那里的大气环境并不好,暴风雪很多,对吧?"林一说。

"那再高一些呢?"严景问道。

"放到卫星上就是再高一些,那不又出现了不能维修的问题了吗?我们又转回来了。还有就是放到一个平流层气球上去,这个也有过方案,但是平流层气球平台不稳定,对这样高分辨率的观测,不适用啊!"林一沮丧地说。

"这确实是个问题。我在清华时,有一个朋友在土木工程系,好像是搞高层建筑的,特别是电视塔什么的。要不我介绍你去找她问下?看看有没有可能在我们这里建一个高塔,将你的望远镜放到上面去,反正也不大,不像他们 12 米的那么重。"严景突发奇想。

"高塔?能建多高?能到平流层吗?"林一疑惑地问。

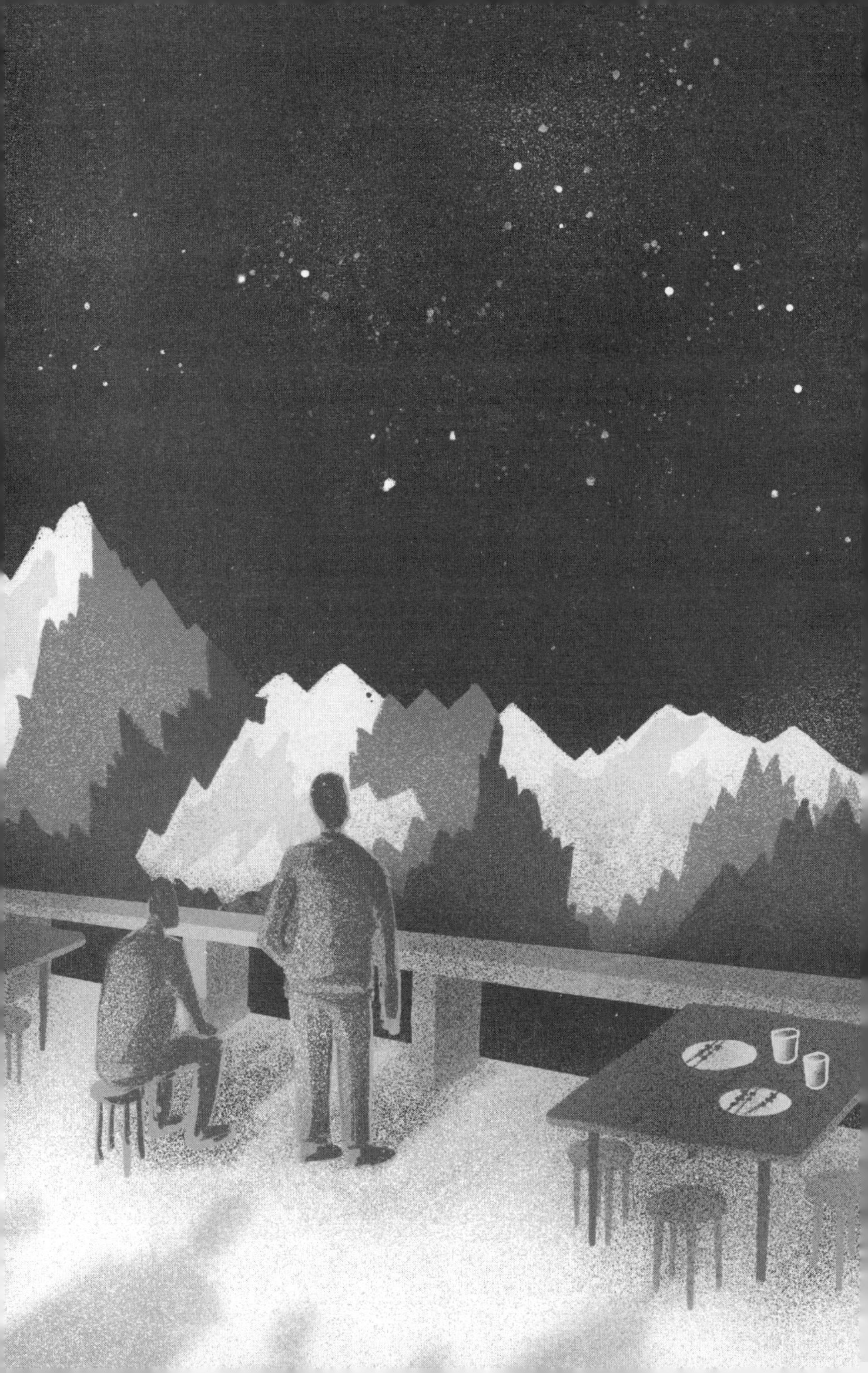

"这个我不知道,反正如果建在这里,起点就是5 000米,如果能再建一个5 000米的高塔,不就超过珠穆朗玛峰了吗?"严景开玩笑说。

林一没笑出来,他正在认真思考着这个可能性。

这时那个歌手正在唱着一首歌,歌的名字叫《再高一点儿》。

第三章
大科学装置

（一）

从稻城回京后，林一在严景的帮助下，约到了清华大学土木工程教授彭希盈。他们约在离清华南门不太远的一家京味餐厅见面。

彭希盈是一位精干的中年女教授。她短发齐耳，脸庞瘦小，身穿黑色短外套配深色修身长裤，肩上挎着一个可以装进去笔记本电脑和文件的方形大提包。提包不是什么名牌包，可能是某次国际会议的文件包，但是实用且不失时尚，显得她更精干。从清华大学出来，彭希盈骑了一辆共享单车，很快来到餐馆门口，停好车后，她快步直接上了二楼。

"你好！我是彭希盈。你就是天文台的林一吧！"她直接走到林一坐的桌子前向林一伸出了右手，又说，"抱歉我稍晚了点儿。"

"你好！我是林一。没关系，谢谢你能拨冗与我见面。我是严景的中学同学，在法国上的大学，读了博士，十多年前回国后，就在天文台工作了。"林一站了起来，一边和彭希盈握手一边自我介绍。

"抱歉哈，我们学院那里不方便，就约了你在这里见面。我听严景说你正'疗伤',心情不好,今天我来请客。"彭希盈一边说着,一边在桌子的另一边坐了下来。

"不行不行,我来请客,我是来请教的,哪能让你破费呀!"林一赶忙说。

"是什么问题啊?我们直入主题吧!"彭希盈跳过了谁请客的问题。她可不想在这个问题上浪费时间,同时也不打算细问严景说的林一在"疗伤"的事儿具体是什么,干脆直接,是她做事的风格。

"是这样的,我们的一颗卫星出了故障,导致望远镜无法正常工作,非常遗憾,也无法上去维修,就算是报废了吧!十年的功夫都白费了。不久前我到严景那儿去,他们建议我考虑把望远镜放到那里,尽管那里海拔可以达到5 000米,但是大气环境还是不够理想。所以我在想能不能在那个海拔的基础上,再建一个高塔,将望远镜放到更高的地方呢?"林一也一口气直接说出了来意。

"哦,是这样啊,我明白了。那你希望建多高呢?"彭希盈问道。脑子同时也开始转了起来,各种方案和设想在涌现。

"我就是冲着这个问题来的,不知道现在的技术能实现到哪里?从我们的需求来看,应该是越高越好。当然也不是说要建设太空电梯。只要超过对流层顶，大气的稳定性就会很好，并且水汽的影响也会大大降低。"林一说。

"对流层顶在哪里？"彭希盈不得不问，因为她不是空间或大气物理学家，对这些名词一点儿也不熟悉。

"一般来说，大气层到距离地面 18 千米以上就开始逐渐稳定，但是要真正稳定下来，离开对流层，需要到 20 千米以上。"林一有点儿不好意思地说出这个高度，也就是说，这个塔即使建在青藏高原上，也要建 15 千米高。

彭希盈沉默了。看得出来，她被这个数字震撼了。但是作为一个专门设计超高层建筑的设计师，她具有足够的专业素质和业务能力；同时，她非常愿意接受挑战。重复性质、没有挑战的简单工作，对她来说都没有什么吸引力。她更有兴趣接受具有挑战性质和创新性质的工作。但是这个高度是她从来没有接触过的，她需要想一想再回答林一。

林一看到彭希盈在思考，知道这个高度对她来说太高了，不好意思地问道："你们能够做到的最高高度是多少呢？如果达不到对流层顶，我可以再考虑下需求，看看有没有别的办法解决大气环境的问题。"

"是这样的，"彭希盈开始说话了，"高度的问题主要涉及材料的强度和重量，越高的建筑需要强度更高的材料，而强度高的材料往往又太重，我们可以用的最好的材料目前是碳纤维1000，但是成本又成为问题。你们能投入的经费是多少呢？"彭希盈把困难"抛"回给了林一，高度困难变成了成本困难。

"哦，我们现在还没考虑成本呢，还在讨论可行性。一般来说，只要成本不高于一个卫星计划的成本，就应该是可行的。因为建设高塔开展天文观测和发射卫星相比，还有其他一些优点，包括可维修和由此带来的可长期运行等。"林一实际上已经给出关于成本的答案。一个卫星计划的成本，彭希盈应该可以估算出来。

"这个问题很有挑战性，我们愿意考虑一下。我现在还不能马上回答你，行还是不行。我需要你把需求再用文字表述清楚，比如给我们一个科学需求报告，内容包括高度、设备总重量、稳定度等要求，因为高层建筑都会有晃动，不是一直稳定在一个点上的，越高的建筑，水平晃动也越大。还有要不要经常上去维修，甚至有人住在上面等。"彭希盈说道。

听到这些要求，林一实际上很高兴，因为他看到了一线曙光。对于这些要求，他确实也没有认真考虑过。之前对卫星的研制总要求，不能一下子搬到这里来。他也需要回去仔细地和团队成员，特别是技术团队韩旭他们一起商量一下。

"好的，我回去把需求整理一下，然后发给你。"林一兴奋地说。

"请不要先过于乐观，我们收到需求后会仔细研究，结论还不可知。在这一阶段，为了思考你们自己的需求，你们也可以到几个已有的高层建筑去看看，比如迪拜的哈利法塔。当然那些是可以住人的建筑。不住人的比如电视塔等。现在电视都不用无线发射改用网络了，所以很多电视塔都改为观光塔了。"彭希盈建议道。

"这个建议好，我们会去看看，学习一下。"林一说。

晚餐实际上很简单，两个人也都无心享用，很快就结束了，最后还是林一抢着把钱付了。看到钱也不多，彭希盈也就欣然接受了。

出了餐厅和林一告别之后，彭希盈马上给严景打了个电话。

"严景，你给我找的好事儿！那么高的塔你们也敢想！"

"希盈，我知道你喜欢挑战，我想看看你敢不敢接这个活儿。"严景在电话另一边嘻嘻哈哈地说。

"我现在还不敢说行还是不行，但是这个活儿我是接定了，不管能建多高，但一定会是全世界最高的人造建筑！"彭希盈坚定地说。

（二）

和彭希盈见面之后，林一对这个清华的女教授有了一点儿信心。讨论中，他看到了彭希盈眼睛中渴望创新的激情。但是她到底能不能实现他的愿望呢？林一需要行动起来，先把自己的需求搞清楚。他马上把K01望远镜团队的人召集了起来。

"我这次去稻城，那里是一个大科学装置的中心，有好几个装置都和我们有关。最有意思的是，他们建议我把我们望远镜的工程样机放到那里，如果不是那里的大气环境远不能达到我们的观测精度要求，我真的就动心了。"林一开场就说。

"放到12米红外望远镜的台站上？我们只有2米，哪里有优势可言！再说我们的望远镜是做精密的天体测量用的，而不是简单的对天体成像，任何一点儿大气湍流，就会抵消掉我们观测的精度。"主任设计师韩旭立即反驳道。其他成员也都表示同意地看着林一。

"是的，如果简单地把K01望远镜放到那里，肯定是不行的。但是，如果我们自己建一个高塔，摆脱大气的影响呢？"林一启发地问道。

"啊，这个想法有意思。"团队中一个长得白净的女孩子说道。她叫刘萍萍，是林一的博士研究生，刚刚毕业就留在团队里，负责数值模拟方面的工作。

"把卫星放在一个高塔上！"刘萍萍继续说道。

"你想得容易，卫星高度至少要500千米，高塔能建多高？500千米吗？"说话的是一个男生，他是刘萍萍的师兄，叫王志宇，比刘萍萍早毕业几年，是林一的主要助手之一，已经是天体测量方面独当一面的专家。

"我们需要大气方面的专家，到底高度达到多少才能满足我们的要求，我们还需要进一步的论证。但是凭我现有的知识，高度至少要达到20千米，达到对流层顶。这个高度也称为同温层或平流层。"林一向大家解释道，"不过萍萍的类比很好。如果真的能达到这个高度，我们既获得了卫星高度的观测条件，又获得了地面观测设备可维修和长期运行的优势。这个可维修性，正是我们这次遇到的问题的根本。"林一继续说。

"这个高度我知道，我曾经帮助空间中心的气球团队做过实验，在21～23千米，大气密度只有地面上的约5%，气流很稳定，只有东向风和西向风，半年变换一次方向，温度也很稳定。但是这个高度人是很难上去的。如果上去必须带氧气瓶，穿防寒服，因为温度在零下50多摄氏度。"韩旭这时开始理解林一的想法了。

"如果有高塔，就必然有电梯，因此人是可以上去的。带氧气瓶，穿防寒服也没什么，总比穿宇航服要容易得多。"刘萍萍听到人能上去，高兴了起来。刚刚受到了师兄的批评，有点儿不服气地说。

"是的，卫星飞500千米高，并不是因为要到大气透明度更好的地方去，而是因为即使是十分微薄的大气阻力，也会使得卫星轨道无法维持，超过500千米，轨道就比较稳定了。如果不考虑轨道的问题，只考虑大气透明度，显然高度可以大大地降低。"王志宇显然也开始理解了林老师的意图，立即对自己刚刚的"简单"说法做了"调整"。

"温度，温度是个大问题。望远镜长期放在零下50多摄氏度的环境中，和卫星环境有很大的不同。我们的热控设计需要修改。"韩旭开始考虑工程问题了。

"我向清华的彭教授请教了一下，想看看有没有这个可能，也就是在青藏高原上建设一个15千米高的高塔。她说首先需要我们提供需求，比如对重量、对观测平台的稳定度等的需求，然后才能做出决定。"林一看到大家基本认可了这个想法,就想引导大家进一步讨论一下需求问题。

"我们的望远镜目前的重量是 500 千克,但是如果放到高塔上就需要转台,还需要增加至少 350 千克。"韩旭首先对重量提出了要求。

"因为我们的视场很大,所以对卫星的姿态指向要求不高,但是对稳定度提出了很高的要求,是 0.001 度每秒,这个要求不知道高塔上能不能实现。据我所知,高层建筑越往上晃动越厉害。我曾经上过芝加哥的摩天大楼,记得在有大风的时候,其顶层左右摆动的幅度可达 3 米左右。"王志宇说道。

"我们需要修改热控,这就对能源的需求有增加。另外,如果是高塔,控制指令和数传能不能用光纤,直通地面,这个比无线要稳定得多,不需要地面站而且是实时的。"韩旭又想到了能源和数传需求。

"因为是地面设施,这个应该好解决,但是也要写在需求里面。"林一回答道。

"电梯也是需要的,因为有人要上去维修,而且,"刘萍萍这时插嘴说,"而且是不是也可以将高塔作为旅游设施,接待科普活动和游客上去啊?"她有点儿不确定地说。

"我们这个阶段只考虑科学需求。但是电梯当然需要,我们还需要提出电梯的载重和空间需求,看看最大、最重的设备会有什么要求。"林一提醒大家进一步思考。

"即使能维修,也不能太频繁。因此设备的可靠性还是要尽可能高,不到万不得已,最好不出现维修的情况。"韩旭说道。

"我有一个想法,单为我们的工程样机建设一个那么高的高塔,是不是有点儿不值得?我们能不能考虑同时再将一些其他设备也放到高塔上?比如平流层大气的观测和监测设备。"王志宇建议道。

"这个想法好!彭教授曾问我,我们的预算是多少。其实我们也还没有预算呢!我给她的答复是,建设费用不能高于一个卫星计划的经费。如果是这样,我们为什么不考虑增加一些其他设备的加入呢?我们就申请一个国家大科学装置项目,就像12米红外望远镜那样。这样我们就可以放弃那个工程样机,重新按我们的科学目标设计一个新的望远镜,也许不是2米的孔径而是4米的孔径。"林一好像一下子也开了窍,兴奋地说道。

"那太好了!这么高的塔,一定是一个独立的项目。一个做了大量实验、不能上天的工程样机,完全还可以用在其他地方去发挥它的'余热',而我们这个'独立的项目'确实应该重新做一个专用在20千米高度的望远镜,再加上其他科学设施，足以称得上是一个大科学装置呢！"韩旭也兴奋起来。他也是一个希望有新的技术挑战的人，对于利用那个已经半"残废"的工程样机，他没有什么兴趣。

"那就这样，我们分工合作，准备一个大科学装置的论证报告，关于高塔的调研和可行性部分留给彭教授去补充。"林一按捺住兴奋心情总结道。

（三）

大约三周后，各种需求逐渐清晰并陆续汇总到了林一的团队。

空间中心有两个团队表示，中层大气是临近空间应用的基础，如果能建设一个20千米高的观测塔，他们希望在塔上放一个探测中高层大气的激光探测仪，垂直向上可以探测到100千米的高度。如果从地面上探测，受到对流层大气中云的影响，无法全年连续观测；但是到了平流层，全年都可以连续观测，对中高层大气的数据获取效率将会成倍提高。他们的激光垂测仪对平台要求不高，加上各种辅助设备，总重量不超过300千克。

空间中心的另一个团队对这个高塔也非常感兴趣。这个团队的负责人叫吴波,他表示,在甚低频频段,由于天线太长,地面上无法竖直架设天线,都是水平铺设的,而地面对这个频段的导电性能很高,就像一块金属板,会吸收掉水平铺设的长天线的绝大部分能量。因此,如果有一个 20 千米,或者 15 千米的高塔,这塔本身就是一根竖直的天线,可以极大地提高千赫兹甚至更低频段的辐射效率,使其电波可以利用电离层波导覆盖全球,并用此研究大气,甚至辐射带。

高能物理研究所的一个团队对研究原初引力波非常感兴趣。他们希望把现在放在 5 000 多米高的观测站的毫米波探测器放到 20 千米高的平台上,这样可以减少大气中水汽对毫米波的吸收,极大地提升其灵敏度。

在这些需求中,那个想用 20 或 15 千米高的塔作甚低频天线的想法最具吸引力,因为他们对塔的高度提出了具体需求。此外,那个激光垂测仪的需求也非常有意思,因为他们说这样他们就可以做一个持续观测的大气探针。那个绿色的激光波束,在夜间就像一根直指太空的探针,可以持续地开展从地面到电离层的观测。所谓从地面,当然还要在塔的不同高度上放很多传感器;而高于塔的探测,则用激光。

此外,林一团队还与微重力实验室团队做了讨论。微重力实验室团队对较长时间的微重力实验需求非常迫切。通常的微重力落塔只有约百米高，加上地下竖井的高度也只有约300米高。这样的设施可以获得数秒钟的微重力时间。要获得更长的时间需要沿抛物线飞行的微重力飞机，但也只能获得30秒的微重力时间，而且飞行成本相对落塔要高很多。再就是上空间站。空间站上的微重力时间没有限制，但是成本将大大升高。他们听说这个高塔可能建15千米高，相应的微重力时间将达到分钟量级，非常兴奋；当听说高塔并不能做到完全稳定，由于晃动不能建造真空落管，又觉得非常可惜。不过他们认为有些实验还是可以做的，比如直接从塔顶下抛实验装置，接近地面时用降落伞回收。这类实验对微重力水平要求不高，完全可以忽略大气阻力对微重力效果的影响，而实验的成本只有降落伞和上去时电梯的电费等，可行性较高。

最终，经过调研，林一团队归纳出了这个大科学装置的4个主要科学目标和需求：

1. 探索近邻的系外行星，科学仪器是4米孔径的精密天体测量望远镜。

2. 探索宇宙原初引力波，科学仪器是1米孔径的毫米波、亚毫米波高灵敏度射电望远镜。

3. 探索地球辐射带粒子特性，并开展主动干预实验，科学仪器是60千米波甚长波收发天线。

4.连续长期监测临近空间大气环境,科学仪器是激光垂测仪及沿塔不同高度布设的大气探测仪。

此外,还有微重力和其他可以开展的科学实验。

就在他们基本完成大科学装置建议书的时候,有一个研究团队找到了他们。这个研究团队是研究火星上穿的航天服的。他们认为地球上20千米高度的大气密度和温度,非常类似火星表面的大气密度和温度,因此他们研制的在火星表面上使用的航天服可以在塔顶做试验,同时也可以当作维修人员及游客穿的防护服。因此,这个项目作为大装置必须的应用研究内容,也被纳入了研究项目之中。

(四)

一个明朗的秋日周末,林一再次约了彭希盈。这次约在清华校园内那个有100多年历史的土木工程系老楼里面的一个小会议室。

林一把手里建设高塔的大科学装置建议书初稿交给了彭希盈。她翻看着这个不到两个月就拿出来的建议书,非常高兴,兴奋之情溢于言表。

"太好了!这段时间,我们团队一直在思考建设一个高达 20 千米的高塔的可行性，如果在青藏高原，可以只建 15 千米。首先，只要上面不住人，就是一个只追求高度的结构建筑，可行性大大增加了；其次，上面的载荷如果不是很大，比如不超过 1 000 千克，可行性也是存在的。最大的问题是总重量和对流层几个强风带的问题，如何确保塔的稳定性。粗粗看了你们的需求，感觉对水平度，也就是平台上面的姿态要求比较高，对绝对位置的要求并没有，所以这个也不难。"彭希盈兴奋地说道。

"你说的绝对位置是什么？就是平移吗？"林一问。

"是的，因为塔顶在晃动，水平绝对位置一直在变化，可能会达到塔高的 1%～2%，15 千米对应的就是百米量级。当然，我们在设计上会尽量减少晃动。"彭希盈说。

"对天文观测来说，这点位置移动是可以忽略的，但是对空间物理研究，比如垂测仪和甚低频天线，我需要问下他们的团队。不过我们可以用北斗导航定位，实时确定具体位置，看看能不能解决水平位移的问题。"林一说。

"姿态变化的问题，可以用一个水平仪来矫正，这个是很成熟的技术了，应该可以解决。也就是我们在上面加一个水平矫正系统，使平台始终处于水平状态，满足你们的姿态需求。"彭希盈肯定地说。

"那方位有变化吗？"林一继续问道。

"方位变化取决于塔身会不会扭转，这个可能性比较小。我们回去可以具体计算一下，给你们一个答复。应该可以满足你们的要求。"彭希盈答道，"现在看来主要是经费问题，我们需要看看一个常规的大科学装置的预算能不能包得住建设费用和你们所有仪器的预算。"

"是的，我们之所以想到把它作为一个大科学装置来申报，也是考虑了建设费用问题，当然主要还是想把这个平台的优势充分利用起来。结果真的有很多团队看到了它的应用潜力，都来找我们了！"林一兴奋地说。

"请放心，只要有需求，我们就会尽力想办法去解决各种问题来满足你们的需求。我们需要有挑战的工作。这一方面可以激发我们的创新活力，推动技术进步；另一方面也会给人才培养带来激励，青年学生最想做具有挑战性的课题了！"彭希盈也高兴地说。

就这样，两个人一拍即合，决定尽快完成这个大科学装置的建议书。

"等一下，你们这个装置有一个具体的名称吗？"彭希盈问。

"还没有，你有什么建议吗？"

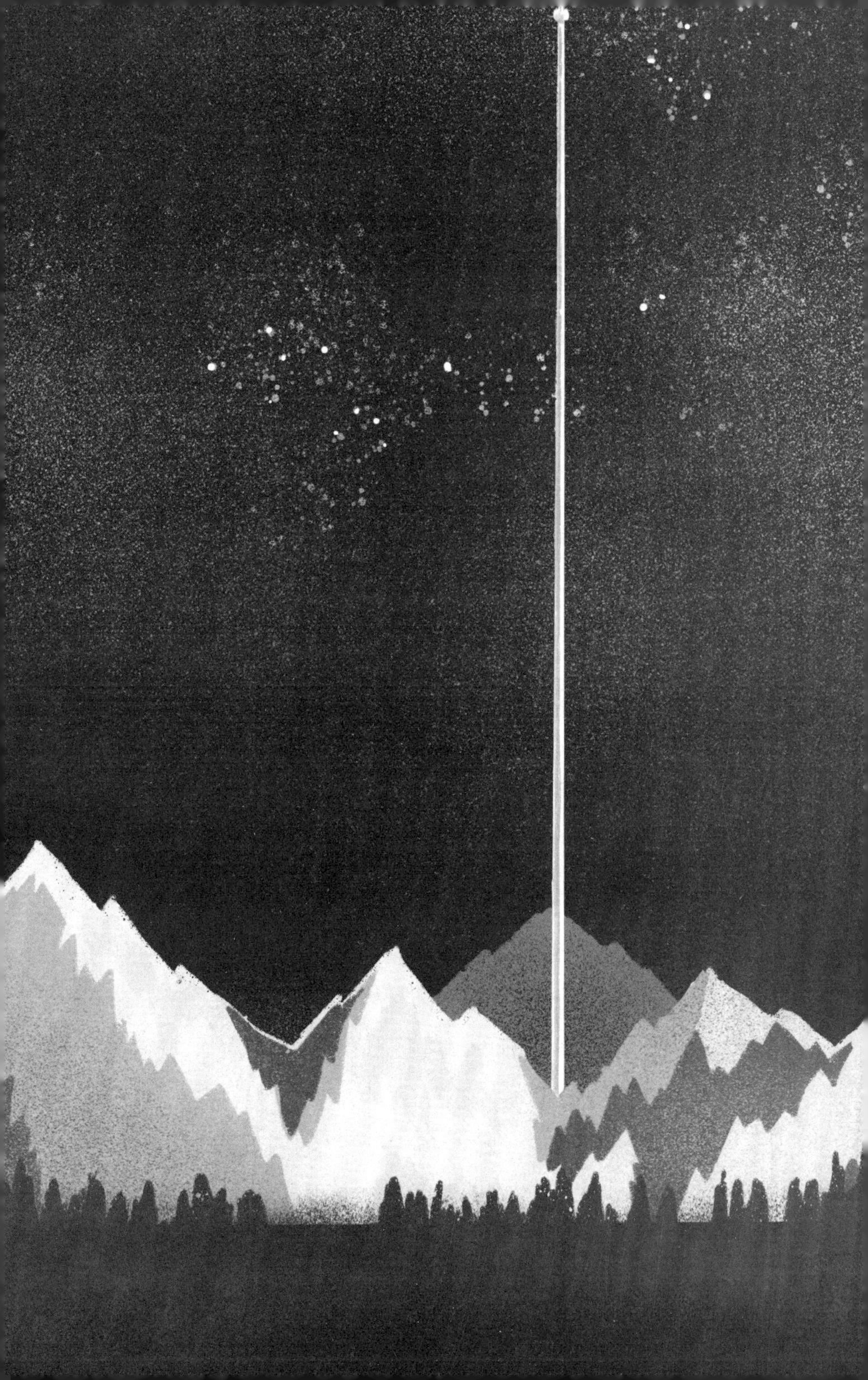

"这个啊，我想想……"彭希盈的大脑进入了思考模式。

一个好的大装置的名称往往对项目申报有很大帮助。比如著名的大装置FAST（之后又起了中文名字"中国天眼"），FAST是500米口径射电望远镜中部分英文的缩写，很好记；又如"子午工程"，是"东半球空间环境地基综合监测子午链"大装置的简称等。名字起得好不但可突出装置的特点，还能朗朗上口，获得公众的认可。

"15千米的高塔，从远处看去，仍然有很大的仰角，塔底座的宽度会显得微乎其微，就像是在地面上竖起了一根针，纤细笔直。能不能就叫'探针'？"彭希盈建议道。

"探针？很形象。如果在夜间，加上上面的绿色激光光束，就更像一根针了。"林一笑道，很赞同彭希盈的建议。

"你们在探测宇宙，就叫'宇宙探针'吧！"彭希盈进一步建议。

"科学内容除了宇宙还有临近空间和中层大气，叫'宇宙探针'就不能包括大气层了。"林一有点儿犹豫。

"哦，那也许可以结合两者，叫'太空探针'，既涉及遥远的宇宙探索，也覆盖稍近一些的大气层。"

"这个好，就叫'太空探针'吧！"林一点头同意。

就这样，《太空探针大科学装置建议书》的名称确定了。

第四章
立项开工

（一）

彭希盈从林一那里拿到《太空探针大科学装置建议书》的初稿后，立即组织团队开始了可行性研究。

首先他们仔细计算了高塔重量的极限，发现即使全部用碳纤维800的材料，也无法承受15千米结构的重量。这是因为三维结构的重量是体积和密度的乘积，而承载其重量的面积是支撑这个结构的几个支柱的截面积，不随高度的增加而增加，因此越高的建筑，其底座受到的压力越大，甚至会有被压垮的可能。这个高度的极限是随着材料的强度而变化的。强度越高的材料，其能够承受的结构高度就越高。当然这是在对应一定底面积条件下的极限。

彭希盈团队初步将结构支撑杆设计为空心的，就像麦秸秆一样，将塔基的四根支柱两两之间的距离设计到了1 000米。但根据这个初设信息，计算机模拟的结果显示，高塔的高度无法达到15千米。

怎么办？这个挑战自然难不住彭希盈的团队。很快，他们就发现可以利用大气的浮力——把空心支撑杆中间的空气换为氦气，这样结构的单元杆就像是一个个氦气球。这样的设计，特别是对 8 000 米以下的结构部分，可以大大地减轻其整体的重量，而且需要的氦气的总量不是很大，只是要注意单元结构件的密封性，不能漏气。高度超过 8 000 米，结构单元杆中充氦气将得不偿失，不如抽真空。随着高度的增加，真空度可以逐渐增加，到海拔 20 千米时，真空度应达到地面上大气密度的 1% 以下才能真正起到减重的效果，因为那里的大气密度只有地面上的约 5%。

结构重量的问题解决了，团队遇到的另一个问题是横向的风阻。

彭希盈带着团队认真查找资料，并咨询了气象部门，认识到在青藏高原上最主要的风力，来自地面以上 2 000～3 000 米的高度。在地面以上 4 000 米左右，即整体海拔 8 000 米左右，也就是珠穆朗玛峰那个高度，也会有很强的风，但是发生的时段季节性很强。在海拔 15～16 千米，风速最大可达 80 米每秒，只是由于此高度大气密度下降很快，其对塔身结构的作用力将下降。

彭希盈将这个问题交给了她的一个博士研究生，杨洋。不到 1 个月，杨洋就拿出了一个解决方案。他提出，首先，可以把结构的外形做智能化的设计，设计成带有流线型尾翼的形状，也就是迎风面是圆形，并让其可以随风向旋转，以确保总是圆形这一面迎风，这样可以减少风阻和尾流涡旋。其次，还可以在横向的结构杆上安装类似于飞机机翼的翅膀，来风时可以提供升力，进一步减轻整个结构的重量。他的方案设想立即得到了彭希盈的认可，并要求他开展详细的设计工作，拿出最大风速时塔顶端的晃动数据来。

最为重要的部分是故障及维修。这个问题彭希盈自己上手。她首先在每个用于支撑的结构单元上加了传感器，以便实时监测结构单元的状态。其次，她认为设计中必须考虑一旦这些结构单元出现故障时更换的可能性。对此，她在各结构单元设计了替换支撑点。也就是说，一旦有一个结构单元出现故障需要更换，可以利用它上下单元的支撑点安装一个临时支撑部件，便于把这个故障单元换下来。新的结构单元安装好以后，再去掉替代用的临时支撑部件。这个工作无需用人工来做，可以设计一个专用的机器人来做。因为如果故障出在高于 2 000 米的位置上，人工是很难完成更换的。

在杨洋拿出晃动数据后，彭希盈吓了一跳。数据显示，当风速达到极限时，即使支撑结构有流线型的表面导流，塔顶的晃动幅度仍然可能达到 50 米，也就是说那些流线型的导流设计只解决了部分问题。晃动还应和塔顶的水平姿态稳定平台放在一个系统内考虑，因为晃动越小，稳定平台的工作范围也就越小，反之就越大。稳定平台的工作范围，决定了整个平台的制造成本。

彭希盈给出的方案仍然是让 AI 来解决问题。她提出在 1 000 米到 14 千米之间，在每个支架每隔 100 米的位置上安装一套智能阻尼器，即在上下结构件之间增加可以微调的装置，整个塔身共需要安装 500 多套阻尼器。由于每个装置需要调整的高度非常小，只有亚毫米量级；且可以在塔体晃动的时候，在受到拉伸力而不是压迫力的一侧进行调整，因此其功耗并不大。根据塔身晃动的情况，自动调节每个阻尼器的阻尼度，从而可降低整个塔身的晃动。数值模拟的结果表明，采用这一方案，在最大风速时，塔顶平台的晃动可以限制在 20 米以内，这将大大降低置放仪器的水平姿态稳定平台的设计成本。

经过 3 个月的设计和不断评审，彭希盈团队终于将《太空探针大科学装置建议书》中关于技术可行性的部分完成了。

（二）

2045 年接近年底的一天，北京某会议中心，国家有关部门大科学装置论证专家组正在开会，讨论中国科学院和清华大学共同提出的《太空探针大科学装置建议书》。

"这个项目具有非常强的创新性，建设如此高的人造建筑的科学需求也是清楚的，但是其中天文望远镜的需求，仍然可以用卫星平台来替代，而甚低频天线，可能是唯一其他装置无法替代的需求。因此，我们需要仔细考虑这个需求值不值得建造这个装置。"一位具有多年参加大科学装置论证经验的专家，某大学的王院士在林一作完报告之后首先发言。

"大科学装置通常可以分为三类，第一类是以科学目标为主的平台，其科学目标需要具备两个重大性质，一是目标的重大性，所谓重大性就是要对科学前沿研究产生重大突破，至少这一点应该能够比较清晰地看到。也就是说一旦装置建成了，就可以通过观测看到前人没有看到的结果，实现科学前沿研究的突破。二是要具备公用性，所谓公用性就是要带动这个学科和相关学科的发展。也就是说，一旦有了这个装置，该学科和相关学科都会得到更大的发展。"这个发言的专家显然也是国家有关部门常年聘请的专家，非常熟悉这个国家级项目的定位和要求。他接着说道，"第二类就是跨学科的公共平台，比如同步辐射光源。装置本身就是一个平台，它为大家服务。同步辐射光源的用户有上千个，涉及基础物理、材料、生命科学等很多领域。第三类是公益性的科学平台，比如人类基因库、植物种子库等，这类公益性质的装置也是国家需要支持的。"他继续说道，并紧接着问了一个问题——"太空探针，属于哪一类装置呢？"

　　林一被问得一下子不知道如何回答了。他镇定了一下，试着回答道："刚刚王院士总结得很好，这个装置就是一个甚低频天线，没有它我们无法开展这方面的深入研究，但是这个研究的重大性我目前还说不清楚，等下请空间中心的吴波研究员来回答。此外这个装置也是一个天文观测平台，相比卫星平台，我们的优势是可以连续长期工作，便于维修，虽然这个塔不是天文装置本身，但是它为我们提供了实验的环境和条件。就像同步辐射光源给很多学科提供了实验条件一样，如果把塔和我们的天文望远镜解耦的话，塔就是同步辐射光源，我们的望远镜就是在光源的线站上做实验的设备，我们是这个平台的用户之一。还会有更多的用户想参加进来利用这个平台的优势，比如我们已经纳入的激光垂测仪就是另一个类型和学科的用户。"林一力图把需求进一步讲清楚。

　　"我来简单介绍一下甚低频天线的科学目标。"这时来自空间中心的吴波研究员加入了进来。吴波40多岁，身材不高，很壮实，坐在答辩人林一和彭希盈后面的一排椅子上。他是提出这个甚低频天线的科学家。

"地球周围在赤道上面有两个辐射带，像两个甜甜圈，一个是内辐射带，距离地球更近一些，另一个是外辐射带，在内辐射带外面。辐射带的性质不稳定，会随着地磁场的变化而变化，而地磁场受太阳爆发的影响。如何研究辐射带不能只靠观测，还需主动干预并开展研究。一个有效的办法就是发射千米波，而千米波的发射需要很长的天线。到目前为止，千米波天线由于太长，只能铺在地面上。但是由于地面是半导电的，因此绝大部分能量都被地面吸收掉了。如果有一个竖直的15千米高的天线，地面电导率可以作为其镜像的振子。两个振子形成我们常用的半波长的对称振子，我们就可以高效地实现60千米波长甚低频无线电波的发射和接收，开展临近空间大气和辐射带研究。"吴波一口气做了简要介绍。

"这样看来，太空探针的科学目标好像是综合性的。一方面类似第一类科学装置，有着自己的科学目标；另一方面又是一个公共平台，可以为多学科提供实验条件。"另一位院士总结道。

"我们在提出建议的时候，确实没有仔细考虑这是哪一类装置。只是感觉各方面的需求都非常迫切，包括对它本身的需求。"林一补充说。

"我觉得你们还应补充一些需求，比如沿塔的高度布局数字气象站，这样可以连续观测不同高度的气象数据，这比一天放两次气象气球的观测密度要高得多。"讲话的显然是一位来自大气或气象领域的专家。

"能不能将平流层飞艇的释放也作为一个需求？因为平流层飞艇就是飞行在这个高度上，如果能通过这个塔的引导来释放，甚至带到塔顶再充气释放，其安全性和定点能力都会强得多。因为通常飞艇在释放时，在对流层的航迹会非常不稳定。"另一位平流层飞艇技术领域的专家也对这个高塔非常感兴趣。

"可以啊，请提出具体需求，我们在设计电梯和塔顶平台时可以考虑进去。"彭希盈马上说道。

"我们希望在塔顶放一个生物信息监测站，只有几十千克重。地球上的生物，特别是微生物信息到底在哪个高度上就绝迹，仍然是个谜，如果在20千米的高度放一个实时、连续的监测站，对我们的研究会非常有用。目前我们在平流层飞艇上观测，但是无法做到连续观测。"又一位生物领域的专家提出了需求。

"在平流层这个高度，可以实现天地激光通信的保证，不像在地面上，要受天气的影响，尤其是在有云的情况下。激光通信的速率比微波要高很多，如果在这个塔上放一个激光通信地面站，可以大大提升卫星数据下传的速率和保障。甚至可以将它用于月球到地球之间的激光数据传输。"这个专家显然是来自航天技术领域，非常了解卫星数据下传的需求。

显然，这时的建议书论证会，已经转变为太空探针的需求论证会，发言的专家越来越多，但都不是质疑这个项目，而是不断地提出各种需求。

这时，主持会议的周副司长说话了：

"对不起，我们这个会是讨论项目能否立项的评审会，不是需求论证会。大家如果有进一步的需求的话，可以之后和项目组联系。我们现在还是看看这个项目有没有什么具体的问题，提出问题是为了便于我们决策时参考，同时也为确保项目立项后不出问题提建议。"

"我有一个问题。"这时一个地质方面的专家发言了，"这么高的一个塔，我不知道在论证时，有没有考虑抗震的问题呢？你们建议的这个地区，就在横断山脉的大断裂带上，是地震频发的地区。这么高的一个塔，如果不考虑抗震,一旦出现问题就是灾难性的。"他的话一说完,全场人的目光都转向了林一和坐在林一旁边的彭希盈。

"我们有所考虑,但是还需要和地震部门进一步申请数据的支持。"彭希盈说道。

"这个问题我可以做一个解释。"说话的是四川省发展改革委的赵婧副主任。他们一行人在建议书可行性论证后期加入讨论,主要提供了具体的地方支持信息。

"稻城地区在近100年来只发生过一次5.6级的地震,绝大部分是小地震,平均震级2.3级。附近的雅安地区处于地震带的中心,但是距离稻城的直线距离约300千米。稻城地处高原,属于青藏高原隆起地带,地质结构稳固,并不在地震带上,如果按6级地震来设计抗震强度,应该就可以了。"赵副主任说道。

"这个我们会进一步考虑,根据从塔基设计到塔体设计的抗震需求来补充建议书。"彭希盈表态说。

"在这里,我想补充一个信息给大家。"赵副主任借着这个机会继续说,"为了支持国家科技发展,四川省政府在近20年已经投入了几十亿元的经费,将大科学装置集中建设。在稻城,我们现在已经聚集了10个大科学装置,并在亚丁景区建设了一个天文科普馆。太空探针建设完成后,必将是一个世界级的基地和景区,会大大促进当地的科普和旅游发展。为此,我们省发展改革委决定,一旦太空探针在国家立项,项目用地和周边设施全部用省发展改革委的资金配套建设。"赵副主任显然是带着省领导的指示来参会的。

"好的好的,那我们再继续讨论讨论技术方面的问题。"周副司长怕省发展改革委在科学和技术内容之外干扰专家们的决策,赶紧打断了赵婧的发言。

之后又有一些专家提出了对部分具体技术细节的质疑,但是都由林一和彭希盈仔细地解答了。最后,与会专家一致同意通过该项目的建议书,并建议尽快立项。

2045年,正好是国家"十九五"规则制定的年份。《太空探针大科学装置建议书》经过中国科学院联合清华大学上报国家有关部门并由该部门组织专家评审,不久后就因为其科学意义的重大性和技术上的创新性而获得了立项批准。

(三)

太空探针的建设总经费需要50亿元,除此之外,四川省政府还需要匹配大约30亿元的经费用于征地、修路和建设观测实验楼等。因此,立项的过程还是很复杂的。

林一在省发展改革委赵婧副主任的协助下,从甘孜州政府和稻城县政府获得了很多支持与便利。由于熟悉当地的情况,严景也帮助林一做了很多咨询和推荐。最终,林一选定了一个海拔5 200米的平缓山头作为太空探针的塔址。在此处建设太空探针,塔身高度只需15千米就可以达到平流层。这里处于从稻城县通往香格里拉镇的国道的中间,山下是传统的牧区。夏天绿草茵茵,是牧民的牛羊牧场。冬天牧民则将牛羊赶到山下更低海拔的地方圈养过冬。

由于靠近国道,所以需要新修建的公路只有不到10千米。为了配合当地建筑风格,配套项目的论证中,根据地方发展改革委的要求,观测楼设计成了藏式民居的风格。远看好像就是山头上的几栋民居,但是走进观测楼,则是一个完全现代化的实验基地的样子。

距离太空探针不到10千米的国道旁,地方政府设计了一个观景台,从那里可以看到太空探针。设计仿真图显示,从那里看过去,探针又细又高,抬头看探针顶部时需要有约40度的仰角。当然,如果对流层有云的话,根本无法看到塔顶。在更远处,如果天气好,从稻城亚丁机场,也可以影影绰绰地看到大约50千米外的太空探针矗立在群山之上,很是壮观,仰角是15度多点儿。

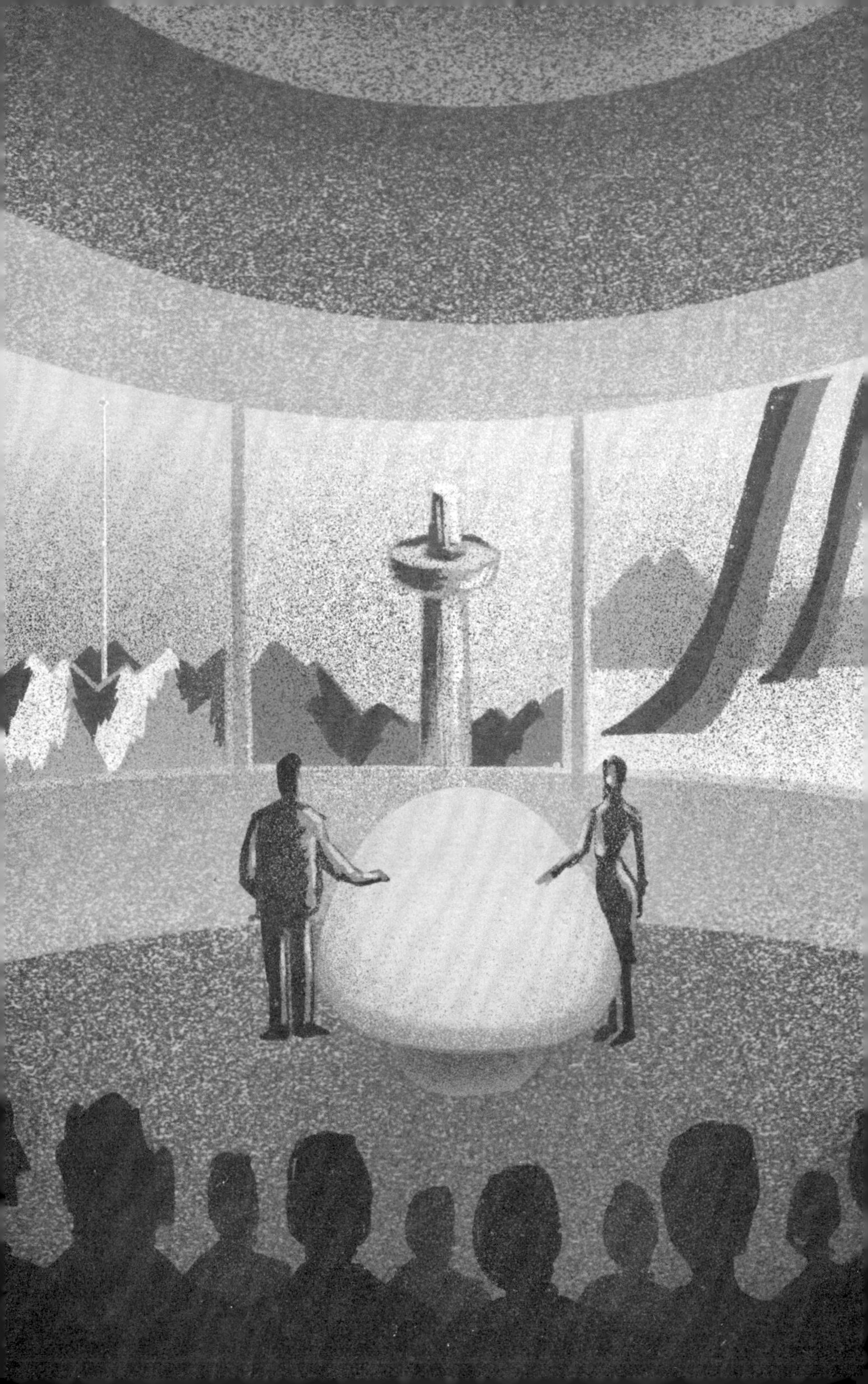

为了筹集更多的经费，省发展改革委还联系了多家旅游公司。他们围绕这个未来的景点，成立了一家太空探针旅游公司。未来，游客可以付费登上太空探针观景。但是由于海拔太高，需要特殊的防寒服和氧气瓶的支持，所以收费也是可观的。旅游公司为了支持太空探针的建设，也投入了部分经费。

与此同时，彭希盈他们负责塔体的工程建设招标。经过国内多家有经验的建设公司竞标，选择了4家公司分别作为塔基、塔体结构、电梯和通信能源的建设分承包商。其中塔体结构承包商，中国工程建设集团是整个建设的总体单位。林一团队则总负责科学仪器系统的建设。

2046年3月16日，太空探针大科学装置在四川省稻城县举行了隆重的开工典礼。

第五章
暴风雪

（一）

　　塔的建设采用顶升法。首先将未来电梯运不了的大型科学仪器及塔顶平台安装好并放到塔基上面的升降机上，然后抬高一个结构单元的高度，在下面安装最上面的一节结构。然后再把这一节和塔顶平台升高，空出来的空间安装从上到下数的第二节结构，依次重复，逐渐将塔顶抬升。

　　经过半年的建设，塔的高度逐渐达到了 4 000 米，工程进度虽然还未到一半，探针的震撼之姿已逐渐显露了出来。有云时根本无法看到塔顶，晴天的时候则可见塔顶直耸指向太空；在塔底的施工现场，必须仰头到 90 度，才能看到塔的顶部。

　　随着塔体的建设，工作电梯也逐渐升高，保证着人员的上下来往。当塔体升高到 2 000 米时，上到塔顶平台的工作人员在上面停留的时间越来越短，超过 10 分钟就会有明显的呼吸困难。工地上开始给工作人员配备的是便携式氧气瓶，慢慢地这个也不管用了。

　　现在，站在 4 000 米高的塔顶向四周看，天气好的时候，视野非常开阔，周围的群山尽收眼底，一览众山小。每个上去的人都拍了很多照片。在这个高度上，还是可以看到天上薄薄一层，有时是几层的白云，就像从飞机的悬窗看到的景象一样。

距离施工现场大约50千米的香格里拉镇，太空探针的学术交流中心就设在这里。这里海拔只有2 900米，对大多数人来讲不存在高原反应的问题。目前这个基地也是工程建设指挥部的所在地。彭希盈是整个工程建设的总工程师。她自开工以来，已经不在学校上课了，大部分时间都在这里工作。她的办公室里有施工现场的实时视频连接，可以看到现场的情况，几个摄像机的图像同时显示在她的计算机屏幕上。

当然，她也并不是总待在交流中心的办公室里。每到工程实施的关键点，她都会亲临施工现场。经过几个月的适应与锻炼，她在5 000米高的施工现场，已基本上可以不戴便携式的氧气瓶。只要不多说话，行动放慢一些，就可以正常地工作。

这几天天气预报有大风，她知道这将是对施工，特别是对塔体的抗风设计的一次考验。这天，她正在办公室里查看视频图像和各个传感器的数据，突然，桌子上的手机响了起来。

"彭总，我们看到压力数据出现了些异常，它们在逐渐升高。"电话里传来她的学生,这时已经任施工现场副总工程师的杨洋的声音。

"通常压力数据随着塔体的升高而升高,每提升一个高度,数据就会升高一个台阶。但是今天由于天气原因,我们并没有提升高度,可它仍在不断地升高。"杨洋的声音有点儿焦急。

彭希盈马上点开了计算机屏幕上的一个子菜单。这里是所有和压力有关的参数。可以看到正常情况下到压力参数的升高是阶梯状的,用图像显示的数据应该是一个台阶一个台阶地升高。但是今天的数据在图像上显示出来的不是阶梯状,而是呈现出一条稍稍倾斜的斜线在向上升高。这显然是不正常的。

"你等我,我马上上去。"彭希盈边说边出了门。

(二)

不到 40 分钟,彭希盈的车就来到了施工现场。这里的风很大,估计有 7~8 级。彭希盈开车门都用了很大的力气。她披在身上的工作服外套,由于还没来得及系扣子,险些被风吹跑。

工地上没有一个人在室外。她顶着风走进现场办公室，关上门，风声没有了，安静了许多。

施工现场办公室内，大家围着排成一排的计算机屏幕在看。这里比基地工程办公室那边能看到更多的图像和数据。大家显然都在关注底座这里的压力数据，这个数据还在慢慢地上升。

"我们从早上就发现了这个数据的异常。已经两个小时了，它始终在慢慢地升高。"杨洋从屏幕前转过头看着彭希盈说，眼睛里带着疑惑的神情。

"我们这里可以看到塔顶的图像，从图像看并没有什么异常。"一位现场施工的工程师说。

彭希盈来到了屏幕旁，一个一个地查看着。确实，除了那个压力数据，其他无论是图像还是数据，看上去都没有异常。

"地面风这么大，不同高度上的气象数据呢？调出来看看。"彭希盈说。

监测工程师把不同高度的数据都调了出来，从地面一直到塔顶4 300米处。每100米一组数据。大家发现，在大约3 800米处风速出现峰值，而且湿度数据很高。

"我们在中间高度上没有图像吗？"彭希盈问。

"没有，我们无线传输的频道有限，只保留了塔顶上5个方向的监控摄像头。"监控岗位的工程师回答道。

彭希盈再次检查塔顶的图像，其中一个摄像头是朝向地面的，天气晴朗时可以通过它从塔顶遥看地面上的施工现场。但是这时，什么都看不到，被厚厚的云层遮挡住了。

"如果在3 800米处有雨雪，可能会在塔体上结冰，这样塔体的重量就会增加。"彭希盈心里这样猜测，嘴里也不由自主地说了出来。一瞬间，她意识到在设计时他们忽略了这个问题。现在紧迫的任务是，首先确认塔体上是否有结冰，其次尽快复核一下冰的重量和塔体的安全。她觉得应该马上做这两件事儿。

"杨洋，你根据湿度数据，在可能结冰的高度上，计算下可能的冰的重量，按最大的可能性计算一下，尽快提供给我。"彭希盈开始布置工作，"刘工，我们的无人机在这样的天气下能否飞行？我想看看3 800米处的影像，看来只能飞上去了。"

刘工是负责环境监测的工程师，也是无人机的飞手。"这么大的风要飞很难。我可以试试看，不过可能会碰到塔体，导致无人机坠毁。"刘工看来没有把握，但他也看得出来彭希盈在这种情况下还要飞的急迫性。

"值得去试试，取得影像数据后，即使发生碰撞坠毁也值得。"彭希盈坚定地说。

"好的，我试试！"刘工明白了。

（三）

室外，彭希盈和几个技术人员在大风中目视这一架小型的无人机起飞了。刘工手握操作台。无人机的设计是按飞行轨道来飞行，无论什么风向它会根据轨道自动调整旋翼方向，确保不偏离预设的航迹。但是这么大的风，不知道它上面的自动系统能不能适应。

为了安全考虑，刘工把起飞地点选在比平时巡视监测塔体时更远一些的地方，并选择在了下风口。还好，无人机起飞后晃动了几下，自动调整了方向，以大约 30 度的倾角，沿着垂直向上的方向起飞了。

彭希盈回到室内，紧盯着无人机回传的视频。100 米，200 米，500 米，高度在逐渐上升。但是随着高度的上升，云也越来越多，塔体逐渐看不见了。通过对讲机，彭希盈问刘工：

"能不能再靠近塔体一些？"

"彭总，我想在到达 3 800 米的高度后再靠近，目前还是垂直上升，免得还没到高度就出现航迹的偏移。"刘工建议道。

"好吧，到了高度再靠近吧。"彭希盈强压着迫切想看到图像的心情说。

"目前距离塔体多远？"她问。

"大约 100 米。"刘工回答。

这时高度已经接近 3 700 米，从图像上明显能看到有雨滴从镜头前飘过，很快摄像机镜头就模糊了。这显然会给下面的抵近观测带来更大的困难。不过这也证实了一点，就是在这个高度，很有可能塔体上要结冰。

"达到高度了。现在什么也看不见，我试着靠近一些。"对讲机里传来刘工的声音。

"好的。"彭希盈答道，同时她紧盯着监视器上面的图像。

"对距离我只能估计，因为迎风飞行航迹可能会不准。"刘工补充道。

图像上还是一片模糊，但仍可以看到不断有雨滴闪过。

"50 米，30 米，20 米，10 米，我开始减速。"刘工的声音从对讲机中不断地传来。

图像上还是一片模糊。突然，一个巨大的立柱出现了，这就是塔体。然而，传回的画面令屏幕前的所有人都惊呆了，塔体被厚厚的白色冰层覆盖了。突然，一切都消失了，屏幕变成了满屏雪花。

"估计是碰到塔体了，无人机坠毁。"对讲机里传来刘工低沉的声音。

办公室内鸦雀无声。片刻，彭希盈冷静地说：

"任务完成得很好，谢谢你刘工！"

这时杨洋也完成了他的计算，从旁边的机房走进来，向彭希盈汇报道：

"我按塔体结构表面覆盖 0.5 米厚的冰层来估算。如果考虑结冰的高度有 200 米，也就是 3 800 米到 4 000 米这一段有结冰，那么冰的总重将达到 2 吨。"他的语气略显沉重。

"知道了。"彭希盈倒似乎松了口气。她在想，好在目前塔体仍在建设中，如果已经建设完成了，在整个塔体加平台上面的载荷之外，再额外加上 2 吨重的冰，那真是不敢想像的麻烦。这个问题怎么之前没有考虑到呢？想到这里，她惊出了一身冷汗。

"我们现在想一想，如何把这些冰除掉吧！在这个高度，如果没有日照，气温是到不了 0 摄氏度以上的；而且，暖湿的气流还会来,冰层会继续加厚。"彭希盈想到的其实是更严重的问题。好在这件事发生在刚刚达到这个高度的时候。

"这还真有点儿像珠穆朗玛峰上的冰川,常年累月在那里。"不知是谁没头没脑地说了一句,但这却提醒了大家。太空探针建成后,中间某些高度上,会不会出现永久性的冰层呢?

"是的,在这个高度,冰层是会永久存在的。我们必须想出解决的办法。"彭希盈再次动员大家想办法。实际上她心里的办法已经有了,那就是电加热。这个设计,在原来确实没有考虑过。

"塔体上整体加热比较难,将耗费巨大的能源,同时也会给局部气候带来扰动。这会不会干扰我们平台上的观测条件呢?"杨洋显然也在思考,而且这句话让所有人再次陷入思考之中。

"工程暂停,先解决这个问题!"彭希盈终于下了决心,这个问题不解决,工程不能继续。

(四)

林一此时正和韩旭在天文台的实验室研制望远镜的分块

镜片。4米孔径的精密天体测量望远镜的镜片被分成了18个小镜子,每个小镜子的后面都有控制系统来调整镜子的角度。

一般来说,天文学家有一个特点——理论和技术都通。这是因为天文学是观测科学,没有观测数据的验证,什么理论都是空的,没有人相信。即使有观测数据,当存在质疑的时候,通常还需要用另一种不同的观测方法再观测,只有通过不同观测方法都得到同样观测结果时,才能得到证认。

林一喜欢天体测量学。首先,他觉得这是一门非常精密的技术科学。其次,他觉得这门科学和系外行星的发现密切相关。再一个,由于方法的确定性,观测结果往往不再需要其他方法来证认。

将原来的2米孔径望远镜加大到4米,主要是考虑大气的干扰会降低测量精度,对那些上千万光年远的、极暗的参考星,需要更大的望远镜来提高测量的灵敏度。但是望远镜大了,在地面上和在太空中又不同。由于地面上有重力的影响,镜面在不同俯仰角时会发生不同的微小变形,因此需要把镜面分成很多小镜面,并对每个小镜面增加控制机构,这样就可以通过标定光,自动调整那些机构,使镜面保持最优的聚焦状态。另外,将4米孔径的镜面分解成小镜子还方便在太空探针的电梯里运输，到了塔顶平台，再组装成一个完整的 4 米孔径望远镜。

至于望远镜的转台，因为重量大、尺寸大、不能分解，在建设初期就已经放到观测平台上了，目前已经升到 4 000 多米的高度上去了。

停工的消息很快就传到了林一的耳朵里。他当时正在测试小镜子的控制机构，于是头也不抬地问带来这一消息的韩旭：

"因为没有热控吗？"

"是啊，听说热控从一开始就没有考虑。对建筑主体实施热控，对他们来讲也从来没做过。"韩旭说。

林一不得不把视线离开正在做实验的控制装置，转向韩旭问："你说什么？他们从来没有考虑，也没有做过热控吗？"

"是的，建筑物体量大，在材料选用上都必须是适应室外各种环境的，无需考虑热控。"韩旭说。

林一这时才意识到这个问题的严重性。他带着韩旭走出了实验室。实验室外面是一个小会议室。韩旭用会议室里的咖啡机做了两杯咖啡，两个人在会议桌两边坐了下来。

"那么现在在那个高度上的冰化了吗？"林一问。

"听说还没有,已经3天了,暴风雪过去了,天也晴了,但是冰坨还在上面,覆盖在从3 750米到3 850米的所有结构上面。"韩旭说。

"这很麻烦,如果没有办法解决,以后会越积越多。好在目前只建设到4 000多米,结构重量还不是太重。"林一自己也在分析这个麻烦的问题。

"彭总他们有办法了吗?"林一接着问韩旭。

"好像还在研究,但是在没有确定的解决办法之前,工程不会继续的。他们提到了给整个结构做热控,但是考虑到能耗过高及对周围环境,特别是对塔顶平台的大气环境的影响,也想听听您的意见。"韩旭说。

林一作为项目的首席科学家,首先想到的是科学仪器能否正常工作的问题。之所以建设这么高的观测塔,最主要的是为了获得一个稳定的大气环境,而且与湿度密切相关的凝视度要好。如果对整个结构加温,其温度高于零摄氏度时会和高层大气环境形成很大的温度梯度,形成对流,特别是在塔顶平台的位置形成向上的暖湿气流,必然会对观测带来影响。想到这里,林一说:"整体加温虽然可以解决结冰的问题,但是会对观测产生影响,到底影响多大,我们需要模拟计算一下。我的第一直觉是不行。请你向彭总反馈一下。"

"好的，我马上告诉彭总。"韩旭说。

林一说完就起身，回到自己的办公室给熟悉气象和大气环境的其他同事打电话去了。

（五）

这边在工程指挥部，时间来到了停工的第 5 天。彭希盈每天都在召开指挥部的技术讨论会。除了和林一团队保持联系外，她还联系了国内多位专家，共同讨论解决结冰问题的办法。其中一个意见逐渐占到主导地位，就是不采取任何措施，只要塔体结构可以承受住压力，冰层到了极限就会自己掉下来。虽然最终在某个高度段会有永久性的结冰，但是不会无限制地扩大。这也是超高层建筑必须面对和接受的自然环境因素。

在现场，杨洋是支持这种观点的主要人员。在会上，他对彭希盈说：

"在那个高度上，大气中的低温和水汽共存，无论是遇到山体，比如珠穆朗玛峰，还是遇到人造建筑，比如我们的探针，都不会改变这个环境。我们无法改变它，必须也只能与它共存。这也是对我们超高层人造建筑提出的要求或者说是挑战。如果我们不接受这个环境，甚至要改变它，我们付出的努力将是巨大的，而且可能会带来意想不到的后果。建筑设计的本质是融入自然、融入环境、适应环境，而不是无视环境、改变环境。"杨洋说到这里，觉得有点儿过了，对老师不能这样讲话。他马上补充道，"这不是我说的，是昨天会上王院士说的哈。"杨洋笑着说。

彭希盈没说话。她当然知道这是王院士说的，其实这也是她心里一直遵循的原则。但是，她现在承担的是工程安全问题的责任，这个意想不到的因素打乱了原来的设计冗余度。为了确保这项工程的安全可靠，不能只强调设计原则和理念。

"从另外一个角度讲，游客如果上去观光，在坐电梯上升的过程中看到大气环境的奇迹，也就是在那个高度上的冰层，也会是一次对自然环境的极好的体验。"说这话的是工程指挥部的一个工程师。他似乎对太空探针未来的旅游项目十分感兴趣。

彭希盈这时讲话了："是的，大家说的都没错。但是我们首先要考虑的是安全问题，没有安全，那些理念和旅游的说法也都没有意义了。目前，从我们的模拟计算看，如果冰层的附加总重量在 2 吨左右，结构的强度应该是安全的；但是如果超过这个重量，安全系数将随着冰层重量的增加而逐渐降低。同时，我们目前的模拟计算是有误差的，而且根据我们从冰川专家那里得到的意见，虽然冰层的厚度、融化量及升华量在年度周期内会达到一个平衡，但这个平衡点目前很难估计。也就是说，冰川方面的专家也没有经验来预判塔身上的冰层最厚的时候能达到多厚。毕竟塔体不是山体，而是人造结构。"

"这里是低纬度，在夏季日照强的时候，是融化和升华的高点，冰川厚度最低；而在冬季，因为有降雪，冰川厚度最高。"指挥部中省气象台的代表补充道。

"能够采取的最直接的办法是局部加温，就在结冰高度上加温，而不是全塔加温，这样对局部大气环境的影响度较小。我们会马上组织力量看看补充的局部热控系统如何加上去。"彭希盈开始安排她的团队，展开具体设计工作。

下午休会期间，彭希盈组织杨洋等几人讨论增加热控的问题。这时林一的电话打了过来。

"彭总吗？我们对局部大气环境做了模拟计算，感觉对塔身局部加温也还是有问题。主要是冰层在融化的过程中，会产生大量水汽。这些水汽上升、扩散，会引起平台那里大气视宁度的变化，因为大气视宁度取决于水汽的总量，而局部加温并没有减少水汽的总量。"林一在电话那边说道。

"好，我们刚刚开始做设计，你这个信息很重要，我们再考虑下。"彭希盈说完放下了电话。

本以为可以开始解决问题了，但是看来还是不行。这使她又陷入了沉思。

破冰的办法除了加温，还有什么呢？彭希盈的大脑在迅速地运转着。突然，她想到了机械破冰的办法。

"对了，我们能不能用机械的办法呢？"她突然说道。

"什么？用机械的办法？机器人去铲冰吗？"杨洋疑惑地问。

"不是，使用可以扩张的机构，把围绕在结构体周围的冰层破开。"彭希盈说。接着，她在办公室墙壁上挂着的一个白板上画了一张图。中间是圆柱形的主结构立柱，在上面又画了一条直线，再在直线的外面画了一层冰层。

"这个在立柱和冰层之间的直线就是破冰机构。需要破冰时，它从中间向外顶，把立柱周边的冰层顶破，这样整个冰层抱不住立柱，自己就垮下来了。"彭希盈肯定地说。

"啊，这个主意好！但是我们怎么把它装进去呢？"一个年轻的研究生好奇地问。

"目前的冰层，我们需要用外部加温的办法把它们融化掉，然后再安装机械破冰装置。以后就没问题了。"彭希盈解释道。

"对，目前我们可以用加热毯的方式强迫冰层融化，然后就可以安装机械破冰装置了。"杨洋也茅塞顿开。

"机械装置不需要加温，就不会破坏大气环境。当冰层达到一定厚度时才启动，因此所用能源也不多，是可以实施的。你们赶紧找人去设计这个机械破冰装置。"彭希盈说。

"好的，我们马上去找人！"杨洋兴奋地起身，快步走出会议室。

（六）

半年后，冬季来了，暴风雪成为经常性的天气灾害。这时的探针已经建设到了 10 千米的高度。工程进度已经完成了三分之二，但是机械破冰装置还没有经受过真正的考验。在安装之前，彭希盈组织的地面实验是成功的。

这几天，地面是阴天，云层很厚。按高度补充安装的摄像机对全塔都有监视，在 3 700 米高度的监视器显示，那里正在经历一场暴风雪。

风速高达 50 米每秒，雪花夹杂着雨滴冲击着塔体结构。

流线型的立柱套管的尾巴在强风中摇摆。在迎风面可以看到机械破冰装置。不启动时，它和迎风面的形状几乎无差别；启动后它会隆起，从内部顶开冰壳，使其爆裂。

不一会儿，立柱套管上开始结冰，而且越来越厚，覆盖着套管和套管上的破冰装置。结构的其他部分，比如横梁上也开始结冰，使得横梁看上去越来越粗。当然横梁上也安装了破冰装置，此时都被厚厚的冰层覆盖了。

地面上的工程现场办公室内正在紧张地准备着破冰装置的第一次实地使用验证。施工现场的所有人都站在办公室的几个显示屏幕前，等着彭总的一声令下。监控摄像头安装在纤细的独立支架上，伸出塔的主体之外，受结冰的影响较小。它们从几个角度显示着3 700米高度的塔体结冰的情况。

这时的图像和数据都显示，冰的厚度已经达到除冰的需要了。彭希盈发出了启动破冰装置的命令："启动破冰！"

随着命令的发出，操作员用鼠标点击了那个启动破冰的按钮。

很快，从监控屏幕上可以清楚地看到一些冰层开始破裂掉落，接着是大部分冰层的破裂、掉落。办公室内响起一片欢呼声。

彭希盈给林一打了个电话，向他报告了这个好消息。

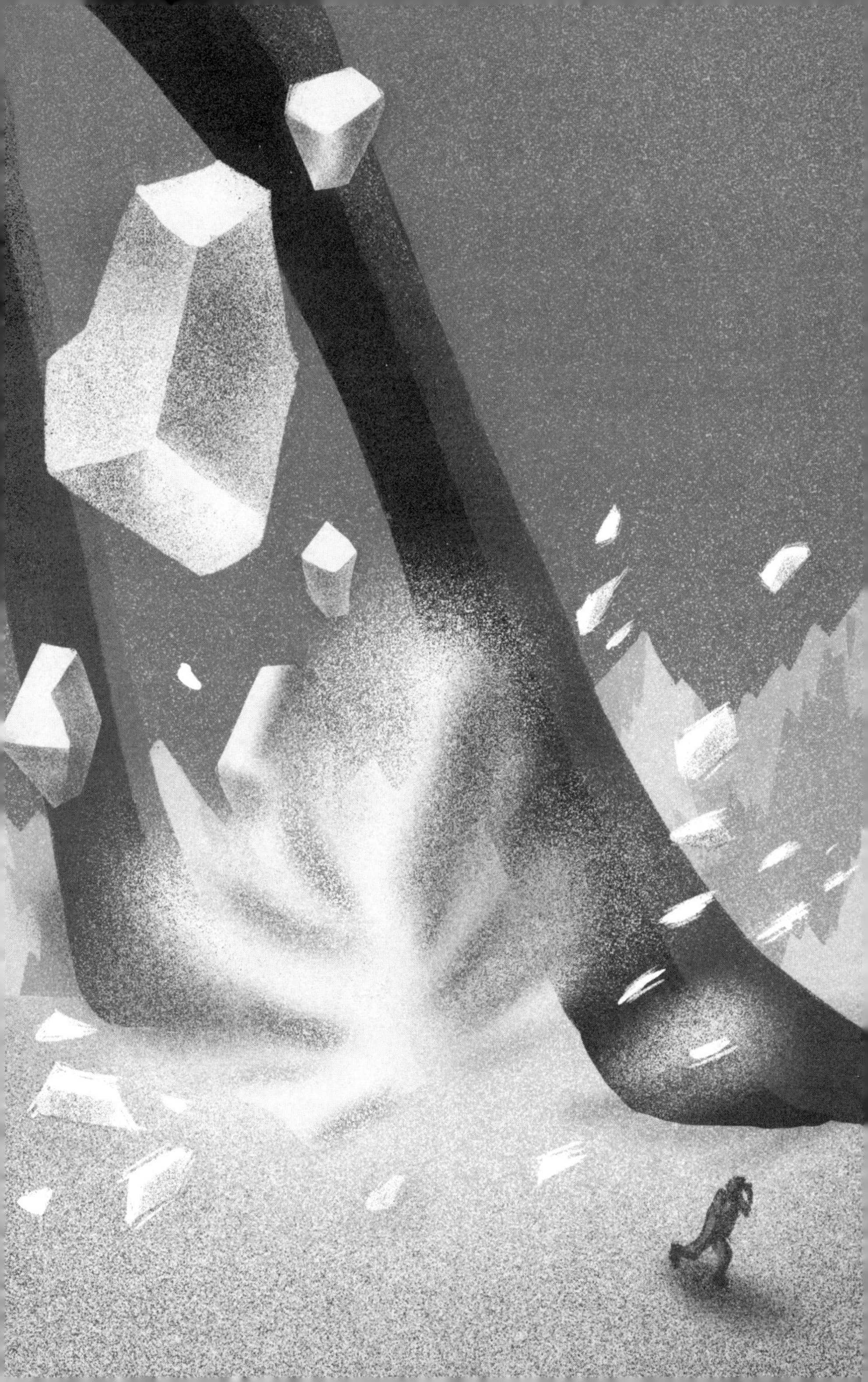

突然，从办公室外传来一阵阵"啪啪"的声响，就像有一个巨人在不断地拍打地面。大家不约而同地冲出房间，只见不断地有巨大的冰块从空中落下，在落地的瞬间又粉碎成无数碎冰。这不是冰雹，而是巨大的冰块。众人恍然大悟，原来从 3 700 米高度破除的冰层，才刚刚落地。还好为了安全考虑，施工现场办公室距离塔基较远，不然冰块落在屋顶上，一定会将屋顶砸穿。

第六章
天外来信

（一）

经过两年的建设，太空探针终于在2048年底完成了塔体的建设，2049年春节刚过，在施工现场举行了竣工典礼。

这时，临时性的施工现场办公室已经变成一座两层楼的藏式民居观测楼。围绕观测楼建起了一个小院子，院子内有一个能停二三十辆车的停车场。就在这个停车场上，工程指挥部举行了简单的竣工典礼。

工程总指挥（中国科学院基础条件局局长）王传志、首席科学家林一、总工程师彭希盈，还有四川省发展改革委的副主任赵婧，4个人共同剪断了彩带，表明所有科学仪器可以开始试运行、试观测了。

随后，他们和嘉宾一起，走进了观测楼。观测楼的一层，主要是太空探针各个工程参数的控制室和监测用房，接待用的大会议室和职工小餐厅。观测楼的二层则是每个科学载荷的观测室及业务会议室等功能用房。每个房间的监测设备全部开启，监测数据显示在屏幕上。彭希盈向大家分别介绍了一层的各监测数据，林一则向大家分别介绍了二层各个科学仪器的试运行数据。

参观完观测楼,来到门口,彭希盈和林一握手道别。

"三年前你交给我的任务总算完成了,希望你们的科学研究工作能够顺利,并且有重大发现。"她如释重负地对林一说。

"这个平台的建设,你们功不可没,虽然中间遇到过困难,但是我对你从来没有失去过信心。希望继续关注我们,运行当中如果有问题,我还要向你请教!"经过这几年的合作,林一对彭希盈说到做到的性格和具备的技术能力,已经非常了解并由衷地欣赏。

"当然,有任何问题都请及时告诉我们,杨副总会和你们一起参加试运行一段时间,这样便于及时处理问题。"彭希盈请林一放心。

之后,林一把彭希盈和其他来宾一一送上了车并挥手道别,目送他们的车子慢慢地消失在视线之外。

(二)

科学设备进入试运行之后,林一和其团队成员也开始在重要的国际会议上做关于工程和初步探测结果的学术交流。

这一年的世界空间科学大会在 M 国首都举行,林一接到了一个在分会场做特邀报告的邀请。其实从两年前，国际上已经开始关注太空探针的建设，只是由于不相信其能够成功，所以各国科研单位都对其持比较保守的态度。直到今年，得知太空探针已经建成，这个重要国际会议的组委会才邀请林一前往做一个全面的介绍。

分会场的听众一般不多。但在林一报告的时候，下面坐满了人。报告结束，进入问答环节，一位学生模样的听众提出了一个问题：

"请问林教授，我对这个科学平台非常感兴趣，不知道你们能不能接收访问学者，我想到你们那里去工作。"提问者叫米凯·贝尔德，目前正在 M 国的一所著名大学的空间科学学院做博士后研究工作。

"当然，欢迎来访，但是我们需要先听听你的研究设想。"林一不失热情地提了个要求。

会后，米凯主动找到了林一和吴波，热切地希望进一步了解太空探针的情况。他自我介绍是空间物理专业的博士，研究中高层大气物理和辐射带问题，毕业后加入著名空间物理学教授斯威夫·海兰德的研究项目，做博士后研究，目前是第二年，已经申请到了出国开展访问研究的经费资助。他感兴趣的是甚低频电磁波对辐射带的影响，想利用太空探针天线做一些辐射带主动干预实验研究。这个是吴波的团队的研究领域，吴波就请他写一份研究设想发过来，看过后再决定是否接收他。

除了米凯的积极参与，特邀报告也受到了其他与会人员的广泛关注。在表达了对太空探针设施本身的震撼和敬佩之外，很多研究团队表示希望尽快看到几个科学仪器的初步探测结果，特别是来自 4 米孔径精密天体测量望远镜在系外行星方面的研究成果。

会议之后，林一和吴波还顺便访问了 M 国的天文台及几个天文和空间研究单位。几天后，林一和吴波收获满满地回到了北京。

（三）

两个月后，米凯收到中方的邀请信，踏上了到中国开展为期一年学术交流的旅程。

负责到稻城亚丁机场接机的是刘萍萍。她在到达大厅出口见到米凯时，米凯正在接连大口地喘着气，脸色苍白。

"你好！我是太空探针团队的刘萍萍，欢迎来到我们这里访问！"刘萍萍用流利的英文问候道，并伸出右手和米凯握手。她感到米凯有些虚弱，马上安慰道：

"尽量不要快速喘气，不要紧张。这种即时的高原反应很快就会过去的。我们一会儿上车就有氧气了。别担心，绝大多数人很快就会适应这里的。"

"谢谢！"米凯感觉没有力气说话，勉强地吐出了两个字。

上了车，米凯拿到了一个便携氧气瓶用上，很快，他就感觉好多了。开车的次真是团队的行政助理，他车开得十分平稳。车子从机场到稻城县是一路向下的，还会穿过大片的森林和草甸，大气中的氧气含量越来越高。

"这里风景真美啊！"缓过来的米凯望着窗外，禁不住感叹道。

"是的，对来访的研究人员来说，科学和自然风光都会是吸引他们的重要理由。"说完，刘萍萍从前排转头看了一下米凯，这时的米凯脸色已经好多了。他有着高高的额头，金黄色的头发，天蓝色的眼睛。虽然不像大多数学者那样戴着眼镜，但是气质上仍透出学者的沉稳和睿智。

"中国到处都很美，这是我第三次来中国了。只是这次不一样，我不是来旅游，而是来从事研究工作。无需自然风光的吸引，我都会来的。我对你们的太空探针太期待了！"

米凯情不自禁地说道，同时也仔细地观察了一下刘萍萍。她身穿太空探针建设团队特制的蓝色冲锋衣，乌黑的长发用一根蓝色的发绳随意地扎在一起，经高原紫外线照射后略微泛红的、细腻干净的脸庞上，最吸引人的是那双大大的眼睛。在她转过头和米凯说话的时候，眼睛里透着探寻的神情，但也带着热情和期待，令米凯心情舒适和愉快。

"我们在金珠镇先简单吃个午饭，然后就上山看太空探针去。"刘萍萍听出了米凯的急切心情，简单向他介绍了后面的安排。

（四）

吃过午饭，米凯的身体得到进一步的恢复，高原反应症状减轻很多，话变得多了一些，问了刘萍萍很多关于建设中的问题。

金珠镇距离太空探针20千米，车子在盘山路上不断盘旋向上行驶。很快，他们到了地方政府修建的旅游观景台，从这里可以遥看太空探针。说是遥看，是因为还有10千米的距离；但是对于15千米高的太空探针来说，这个观看距离已经很近了。车子在观景台前停了下来，刘萍萍带着米凯下车向观景台走去。

"啊,在那里,那就是它啊!"米凯惊喜地喊道。

在观景台的东面方向,一座细细的高塔呈现在眼前。不像法国的埃菲尔铁塔,埃菲尔铁塔的塔基很宽大,直到塔尖才收缩为一个点;太空探针真的就像一根针,从下到上都很细,矗立在那里,只是在最底部,才能看到它稍稍展宽的底座。它是那么高,那么细,就像一根长长、细细的"针"插在不远处的山头上。高塔给观赏者在视觉上带来的震撼很大程度缘于你难以想象它是一个人造的建筑,因为它太高了,从没有人见过这么高的建筑;同时你又明白它不可能是一个自然的存在,因为它是那样笔直,像用尺子比着画出来的一条直线,直通天空。

这是一个晴天少云的下午。太空探针那个方向没有云的遮挡,可以完整地看到它,但是在它靠近地面的底部背景里又有一些白云,恰好组成了一幅美丽的画面。

"太美了!我曾经无数次地想象过它是什么样子,但是无论如何也没有亲眼看到它时,感受到这么美、这么震撼!"米凯发自内心地赞美道。

观景台上游客很多,熙熙攘攘地挤着到扶栏前去拍照。然而,当他们查看手机上或者照相机上的照片时,有些人又在照片上找不到太空探针了。大家都在那里奇怪地议论着，然后又再次挤到扶栏前去拍照。其实原因很简单，智能手机拍照时总是把焦点放到人像的距离上，这时的景深就照顾不到10千米以外细细的太空探针了。如果景深不够，那么细的探针自然就模糊，甚至看不到了。搞清楚这个道理后，大家又挤过去重新拍摄，所以那里就更拥挤了。

刘萍萍自然熟知这里的情况，告诉米凯说：

"今天人多，我们以后有的是机会，就不拍照了，我们赶紧去探针那里吧！"

"好的。"米凯收起手机，和刘萍萍一起下了观景台。上车之前，他还是恋恋不舍地又看了一下太空探针，并用手机为它，从这个距离它10千米的地方，拍了一张照片。

车子沿一条为太空探针建设的专用公路继续行驶，先向下，再爬山，行驶了10千米后，很快就来到了在太空探针脚下的观测楼。

从远处看十分纤细的太空探针，这时变得十分巨大。它的塔基有4个立柱，相邻立柱之间的距离达1 000米。中心部分是3层楼高的设备机房和电梯厅，共有3部电梯，其中2

部是客梯，1部是货梯。

观测楼距离最近的塔基立柱大约200米远。即使从这里，抬头也看不到塔的顶部，只感觉它直入云霄。

观测楼是一座两层的建筑。它这时已经基本完成了建设方面的工作，与施工相关的收尾方面的工作并不多了，主要负责外线，即塔基周围和观测楼周围的植被恢复等。观测楼的二层，大部分都是科学仪器设备的专用房间，所有的仪器设备，包括甚低频天线、大气检测和气象站、卫星激光数据接收站、中高层大气激光垂测仪、原创引力波望远镜，以及最重要的也是最大的设备——4米孔径精密天体测量望远镜，都有自己独立的房间。观测楼建筑内部是高压充氧的，内部的氧气含量等同于海拔2 700米高度的氧气含量，因此基本不存在高原反应问题。工作人员在室外工作时，按要求需要背上便携式氧气瓶，尽管有些人已经不需要它就可轻松地在室外工作了。

因为目前还属于科学仪器的调试和试运行阶段，观测楼这里通常有20～30名科学研究人员，此外还有工程建设收尾工作各分系统的施工人员20～30人，以及后勤保障人员10余人。大部分人员在下班后，由班车接到50千米外的香格里拉镇的太空探针学术交流中心（也叫"基地")休息。只有少部分夜间值班人员住在这里的充氧宿舍里面。

观测楼有一个不大的院子,门口的传达室门前有两只拴着链子的藏獒。米凯他们的车子进门时,藏獒站起来在嗓子里低声地哼了两声,确认是工地自己的车子后,就又趴回原地。车子在观测楼前厅的大门口停了下来。刘萍萍和米凯下车时,再次引起了门口藏獒的关注,在次真下车对它们说了什么之后,它们总算平静下来。

这时的米凯,完全被太空探针所吸引,他抬头望向探针的顶部,但是什么也看不到。刘萍萍笑着劝他说:

"算了,别看了,看也看不到什么,一会儿脖子就累了。"

"啊,是啊,真是太高了!我去过阿联酋的哈利法塔,站在塔下向上看,也看不到顶,而站在塔上向下看,就像飞机降落前从飞机上向下看一样的感觉,但那也只有800多米高。"米凯感慨地说。

"一会儿我就带你上去看看,在塔顶上,已经超过所有民航飞机的飞行高度了,你会感到另一种震撼的。"刘萍萍的言语间不自觉地透着自豪感。

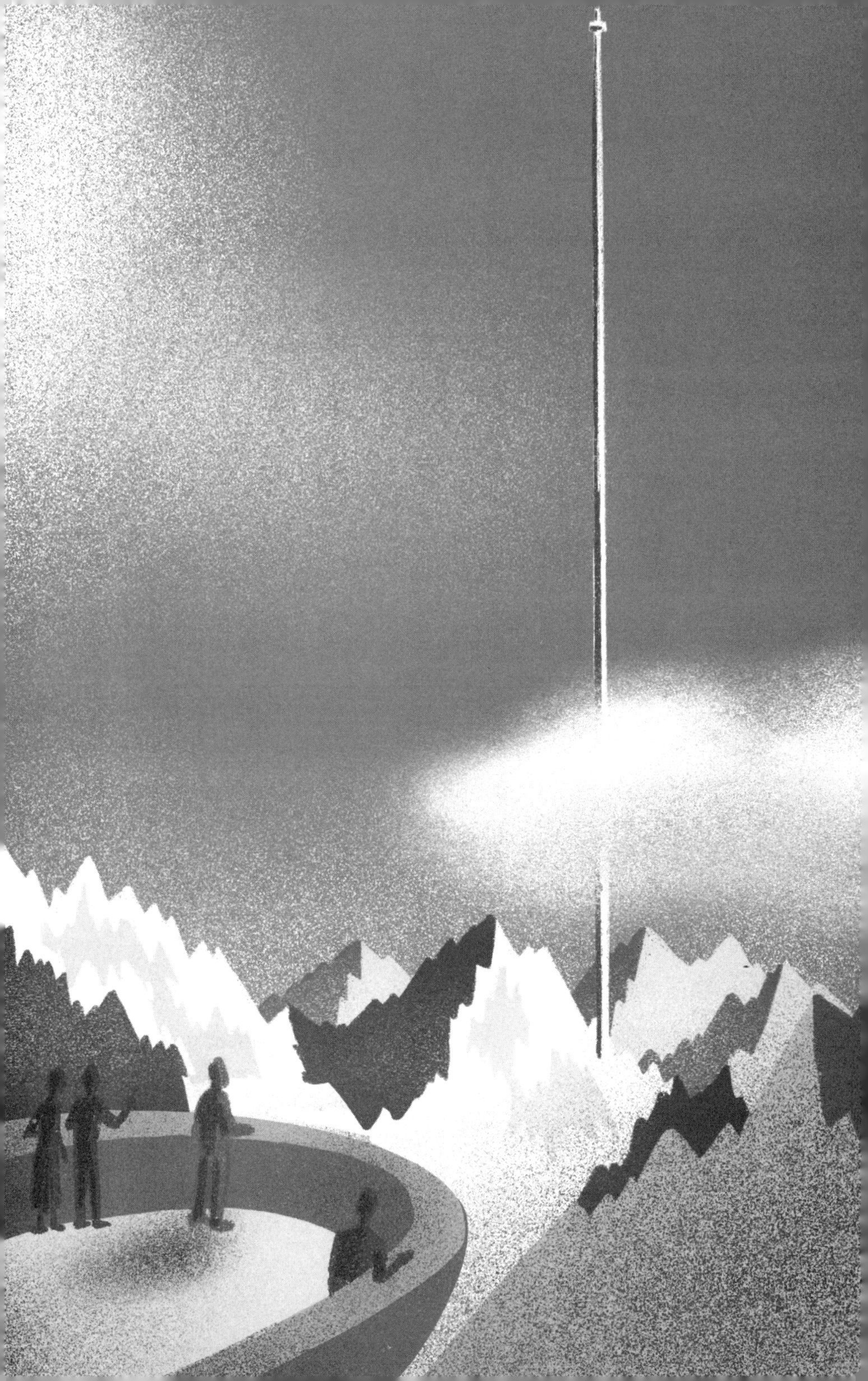

（五）

进入观测楼，他们随手关上了前厅大门，紧接着是一道透明塑料门帘，由于室内有加压充氧的空气正压，门帘向外倾斜。他们马上摘掉了便携式氧气瓶，感觉气压和氧气都非常舒服、正常。

刘萍萍先带米凯来到观测楼一楼接待用的会议室，给他播放了一个英文版太空探针介绍片。这个片子是给专业来访的外宾介绍用的，另外还有一个同样内容的中文版介绍片。未来开放公众旅游后，还会有一个更加科普的简短的介绍片。

之后，刘萍萍带米凯来到二楼。这里是科学设备工作间。他们走过二楼的走廊，透过大玻璃窗看了一下各个科学仪器的房间。奇怪的是每个房间都没有人。人都到哪里去了？刘萍萍正在纳闷，和米凯来到走廊最后的那间会议室，看到所有人都在这里讨论问题，林一也在。刘萍萍向大家介绍了米凯，说他们先上塔，然后再回来参加讨论，就和米凯出来了。

刘萍萍给米凯找来一件冲锋衣,然后带他出了观测楼。次真已经等在了楼门口。他们上车后,车子直奔塔底下的设备机房和电梯厅大楼。

进了电梯厅,刘萍萍向米凯介绍道:

"这里的三部电梯,一部是货梯,可以直通塔顶,内部空间很大,可以装较大型的设备,但是速度很慢,到塔顶需要半天多的时间,人不会坐它,只为运输设备使用。另外两部是人坐的,互为备份,但是不能直通塔顶,因为速度较快,不同的高度,所需的设备不太一样。我们要在5 000米高度和10千米高度更换两次电梯。也就是说现在我们要乘的电梯,只能到达5 000米高度,需要4分多钟的时间。"

"啊,这么长时间!"米凯惊讶地道。

"这还是地面上最快的电梯呢,上升的时速可达80千米。当然,上面两部电梯会更快。因为在那个高度上,大气阻力明显小了很多。"刘萍萍耐心地解释。

很快,两部客梯中一部的门打开了,令米凯惊讶的是,电梯里面空间很大,而且有座位,最多可以容纳10个人。由于目前设备还在调试期,科学仪器也仅仅是试运行,对公众旅游还没有开放,所以这次登塔只有电梯司机、另外两名技术人员和他们两个共 5 个人。

大家坐在座位上，系好安全带，电梯就启动了。

开始的 20～30 秒米凯感到了明显的加速，电梯仅有很轻的震动。进入匀速上升阶段，电梯运行得非常平稳。刘萍萍安排米凯坐在电梯里靠窗的座位上，而她则坐在米凯旁边的座位上，以便回答米凯的问题。

如果在地面上，时速 80 千米并不是很快，但是在垂直高度上运行，米凯向外望去，感觉塔体的结构、各种横梁就像在眼前飞舞一样，一闪一闪地划过。透过这些横梁、斜梁，远处是不断向下退去的绿色、黄色的山体。更远处的一些公路上，车辆逐渐变得越来越小。很快，就像飞机起飞时一样，大地变得广阔无比，电梯已经升到了高于远处云层的高度上来。

4 分钟好像很快就过去了。电梯内部显然也是一个加压舱，乘客并没有感觉到气压的变化。到达 5 000 米高度换乘站前，电梯开始减速，程序设计的减速度恰到好处，米凯并没有感觉到悬空的心慌感，从窗外横梁划过的速度可以判断电梯已经减速并快要到站了。

进站前，电梯似乎要经过一个加压阀门，停了不到 1 分钟，电梯门就打开了。这里是一个封闭的电梯厅，其内部仍然是加压充氧的。因此大家没有必要戴上氧气瓶。但如果出到电梯厅外,则需要特殊的防护。

在换乘之前,刘萍萍带米凯环绕这个 5 000 米高的平台走了一圈。四周大部分是落地的玻璃窗。透过玻璃窗可以看到远处的山峰都在脚下,这可不仅仅是一览众山小,而是远远高于众山的感觉。

"这里的海拔大约是 10 千米,比世界最高峰还高。目前是最好的季节夏季,如果是秋、冬季,会遇到暴风雪。这个高度和向下一点儿的高度上,是强风带,暴风雪频繁。太空探针在建设的时候,我们针对这个高度段的结冰问题,研究和做出了一种特殊的设计,因此,在塔体上不会出现永久的结冰现象。"刘萍萍一边走,一边介绍。

"外面的温度一定很低,低于零下 50 摄氏度吧?"米凯问道。

"是的,这里有温度检测,我们来看看。"刘萍萍一边说着,一边带米凯走到一个显示屏幕面前。上面显示的室外温度是"−56℃",而室内则是"15℃"。

这时,大厅里响起了下一部电梯将要出发的通知。他们赶紧回到电梯厅,在这里要换下一部电梯。电梯门打开,内部的布置和刚刚那部大同小异,但是换了一种颜色的装饰，椅子从黄色变为蓝色，窗子也从方形变为圆形。4位乘客和1位电梯司机再次坐好，系好安全带。电梯再次启动了。

米凯向窗外望去，这次除了眼前飞速划过的塔体结构外，远处的风景更像是在飞机上透窗所看见的那般，已没有那么多快速变化的细节了，只能看到远处的山体慢慢地在下降。他努力向下面望去，由于很多结构部件的阻挡，实际上看不到塔的下面。

这时的电梯速度，从电梯内的一个数字显示屏可以看到，时速正在接近100千米，最后定格在了105千米上。大约不到4分钟，他们就到达了10千米的平台。这里的电梯厅的设计和5 000米平台类似，但是平台面积似乎略小一些。平台内部也是加压的，大家仍不用带氧气瓶。米凯看到室外的平台上有几个工人正在施工，他们都穿着特殊的衣服，并带着氧气面罩。他问刘萍萍：

"那些室外的工作服是特制的吗？需要非常保暖才行吧？"

"是的，这个高度的温度和5 000米那个平台相比差不多，一直到塔的顶部平台，温度都差不多稳定在 $-60 \sim -50\text{℃}$，需要穿紧身的防寒服。但是由于气压极低，在外工作的时间不能超过 10 分钟。吸氧也必须用那种将面部全部罩住的氧气面罩。"刘萍萍说道。

从这里向外看，连最高的云层也在平台下面了，地平线开始呈现出了明显的弧度。米凯发呆似的站在窗前凝视着窗外，久久不愿离去。也不知道他在想什么，刘萍萍心里正在揣测着，突然广播通知又响了起来：

"请各位乘客尽快到电梯厅，通往塔顶平台的电梯马上就要出发了。"

电梯的门打开，这次就剩下刘萍萍和米凯两位乘客了。另外两位工作人员的工作地就在 10 千米平台。这个电梯舱变得小了一些，只能乘坐 8 个人。电梯的舷窗也是更小一些的圆形，有点儿像太空飞船上的舷窗。座位是白色的，每个座椅上方都吊着一个氧气面罩。刘萍萍解释道：

"这个氧气面罩是备用的，万一在高空出现电梯气压泄露，就需要我们戴上氧气面罩自救。用还是不用，我们听从电梯司机的指示就行。"

待他们两人都坐好后，电梯司机告诉大家电梯启动。

这一段旅程更像是一段太空旅行。乘客对他们目前所在的高度，心中都十分清楚。能够在这个高度飞行的民航飞机已经很少了，此外还有一些探空气球，也许还有军用的战斗机。乘客已经来到了一个人迹罕至的高度上。

窗外一如上次，都是飞快划过的塔体结构，那些横梁和斜梁什么的。向远处望，地球的曲率明显，所有云层都在脚下。山体已经分不清了，都在地平线那里。由于时间已经来到夕阳西下的时候，向西望去，在太阳光的逆光照射下，大气层出现了一层美丽的红色薄膜。薄膜之上是逐渐呈现为深蓝色的天空。电梯内的时速表显示，这时的时速已达130千米。

"我们已经来到了对流层顶，刚刚穿过了一个极高风速带。但是由于大气密度极低，它对太空探针的影响有限，我们也无法感觉出来。如果按风速来讲，它已经远远超过12级台风的风速了。"刘萍萍告诉米凯，并不是想吓唬他，而是为了提醒他，目前的高度已经进入到平流层。

"啊，我们已经来到平流层了。这里的大气环境应该是非常稳定的了。"米凯是空间物理专业毕业的，对这个显然很清楚。但是亲身来到平流层这个高度，还是一种不同的体验。

正说着，电梯开始减速并逐渐停稳，到达15千米高度，太空探针顶部的科学观测平台。这里的海拔是20千米。

这里比起下面两个平台，显得十分狭小，但仍有数百平方米。中间是两部客梯，对面是货梯、两间更衣室和气闸舱。围绕着的是一个仅能并排行走两人的360度全景观光平台。透过平台的落地窗，可以看到在大约600平方米的观测平台上摆放着多台科学观测设备。最大和最显眼的是那个孔径4米的望远镜的圆形穹顶。由于是白天且处于调试阶段，望远镜没有打开观测。其他的还有原初引力波望远镜、1米孔径的卫星激光数据接收站、中高层大气激光垂测仪等。所有设备都是按照自动化运行设计的，无需人员照料。但是一旦出现问题，技术人员可以前去进行维修和更换。

"我们和载人火星工程团队合作开发的室外工作服还没有研制好。目前使用的室外工作服比较笨重，有点像你在10千米平台看到的那种。以后我们用载人火星工程研制的工作服将比较科幻。"刘萍萍说道。

"那真值得期待。"米凯说，"所有设备都安装到位并开始试运行了吗？"

"除了系外行星望远镜还在测试水平平台的稳定性，没有正式开始观测，其他的都开始了。"刘萍萍答道。

"你看，如果你仔细看我们4米望远镜的底座，可以看到它的平面和我们平台的平面有一点儿不一样,而且它在不断地调整。也就是说我们不在一个平面上。"刘萍萍继续解释道,"实际上,不是它在发生倾斜,而是我们这里在晃动,也就是说,整个太空探针的顶端在慢慢地摆动,望远镜的水平校正平台为了补充我们这里发生的倾斜,在自主地调整其水平度。但是由于需要调整的范围非常微小,所以可能用肉眼也看不出来。"

"嗯,确实什么也没看出来。"米凯说。

"是的,但是数据显示这里的摇摆度,在下面对流层风大的时候,会达到接近0.1度呢!"刘萍萍说。

"这个水平稳定调整的需求只有4米望远镜有吗?"米凯问。

"是的,其他设备对姿态的要求都没有那么高。但是为了游客的观赏效果,我们在大气激光垂测仪下面也加了一个,不然他们会发觉那个指向太空的激光束,偶尔在晃动。"刘萍萍答道。

他们一边说,一边围着平台转。来到朝东的一面,远处已经进入夜间,大地变得黑暗,太空成深蓝色,甚至是黑色。再转到西面,恰好太阳在落山,映入眼帘的不是晚霞,而是呈现为地球曲率弧线的一层红色的对流层大气顶端,非常漂亮。在那之上仍然是深蓝色的天空，不时地还可以看到飞越而过的人造卫星反射来的光点。

电梯厅内这时亮起了灯光，这完全是因为有人员在此。在设备开始观测时，这里是不允许有任何灯光的。当然，为了导航和航空安全，全塔每100米高度上都有脉冲式红色指示灯，以防止任何人造飞行器的碰撞。

对激光垂测仪，平台的灯光则影响不大。此时的垂测仪已经开始工作了。从电梯厅内可以看到一束绿光，垂直向上，直射入太空，如同一把激光剑，非常壮观。

按照事先计划的返回时间，他们再次进入电梯，开始下行。在每一个平台换乘时，都没有再停留参观，因此不到20分钟就回到了地面。

走出地面上的电梯厅，天已经全黑了。

刘萍萍需要给米凯介绍的最后一个项目是，甚低频天线的发射机。这是因为米凯的研究内容就和这个天线相关。发射机房位于电梯间的背后，是一个功率10千瓦的发射机。它和其他空间物理主动实验天线的最大不同就是天线的辐射效率极高，10千瓦的发射功率其辐射效率要远高于其他类似频段，等同于水平铺设在地面上的天线，采用1兆瓦级别的发射机的辐射效率。

显然米凯对这个天线因为其竖直的结构提高了辐射效率的原理十分清楚。看了发射机房后，他们就离开了。

（六）

回到观测楼，他们直接去了餐厅。在餐厅他们没有看到其他人，这令刘萍萍感到十分奇怪，因为这个点儿应该是大家吃饭的时间了。她问了一下服务员其他人为什么没来吃饭，服务员回应说，科学设备的人员在开会，给他们送了盒饭上去。

原来刚刚那个会还没结束。

她和米凯吃完饭后，就安排车送米凯回香格里拉基地，并请次真对接好那边住宿的接待人员。送走米凯，刘萍萍直接来到观测楼二楼的会议室。

看到刘萍萍进来，林一示意她坐下并大致讲了一下情况。这个情况令刘萍萍大吃一惊。

林一说道："甚低频天线开始工作后，这几天收到了几个奇怪的信号。请甚低频天线分系统的吴波研究员再介绍下情况。"

因为刘萍萍刚进来，且他们刚刚吃饭后又开始了一轮新的讨论，所以有必要再回顾一下发生了什么。吴波就从头说起：

"我们的天线从昨天开始正式试运行。昨天下午发射了3次，并试图接收来自辐射带的谐振回波。回波没有收到，可能是我们的频率没有对上辐射带的谐振点。从今天上午开始调整频率，搜索谐振点。然而在某个频率上，我们收到了不同于我们调制编码的回波信号，而且信号强度非常的强。如果说有辐射带的谐振响应，我们应该收到相同编码的回波，而不是不同编码的回波。经过反复判读，收到的编码与我们的编码完全不同，不存在任何相关性。而这种不同编码的信号，我们上午还重复收到了3次，每次中间间隔15分钟左右，很准时。"吴波一边说，一边在屏幕上投影出回波的波形。由于甚低频电磁波的带宽很窄，通常都采用开关式的调制方式，称为OOK调制，有点像莫尔斯电码。从会议室屏幕上投影出的回波的编码看，其形状和发射信号用的OOK码完全不同。

林一这时接着说："通过下午我们的分析判断，这个信号的来源有两种可能。一是来自地球上另一个甚低频天线。但是据我们所知，地球上有限的几个甚低频天线都不可能有这么强的发射信号，因为它们都是贴近地面放置的，辐射功率十分有限,不像我们是竖直架设在地面上的,大大提高了辐射效率。另一个可能,就是来自太空。"说到这里,林一顿了顿,拿起杯子喝了一口水,接着说,"但我们相信这么低频的电磁波很难穿过电离层,也就是说,我们发射的信号无法到达地球空间以外,而外面的信号也无法到达我们这里。因此,来自太空的信号也不可能。也就是说,我们开了多半天的会了,还是无法判断这个强信号是从哪里来的。"

"由于我们的天线是目前世界上这个频段灵敏度最高的天线,因此,对于这个奇怪的信号,我们不能忽视,需要认真对待。"林一又补充了一句。

刘萍萍听完后,终于明白了大家为什么从下午到晚上都在开会——原来收到了一封"天外来信"。她平时爱看科幻小说,对外星人特别感兴趣。这也是她大学选择天文系,毕业后又一定要考林一的研究生并研究系外行星的原因。这时,她突发奇想,脱口而出:"能不能分析下这个编码的含义呢?OOK的编码形式非常简单,用AI也许可以分析出里面的含义是什么?"

"对呀!我们为什么不先分析下这个信号呢?解码它的含义。"王志宇马上跟着说,他完全同意刘萍萍的意见。

先后又有几个人发言,大部分人都同意刘萍萍这个建议。

由于已经很晚了，林一决定先接受刘萍萍的建议，说："好吧，我们现在也没有别的办法，所以大家找找关系，看看谁有同学、朋友在研究密码学。我同时向天文台领导报告，希望得到科学院数学所的帮助，请他们分析下这个奇怪的编码。"

（七）

各种科学设备的调试和试观测仍在继续，但是所有团队成员都有点儿心不在焉，纷纷在心底猜测：这个独特的太空探针是不是触及了什么地外智慧？这才刚刚开始，以后4米望远镜、激光垂测仪、原初引力波望远镜会不会都收到异常信号呢？

心里面压力最大的还是吴波。他提出了这个千米波长波天线的建议，现在天线建成了，没想到收到了奇怪的信号。他本人并不相信这个信号是来自外太空的，因为他深知电离层对这种低频信号的阻隔。电离层分好几层，在白天有日照的时候，最低的电离层在大约60千米的高度上，到了晚上，这一层中的逃逸电子，因为没有了太阳光，特别是紫外波段的阳光的照射，它们就会和大气中丢失了电子的离子复合，还原为中性的大气。但是在 90～110 千米高度上，存在着到了晚上也不复合的电离层。这层电离层很稳定，且电子密度很高，对于甚低频电磁波而言，传到那里，就像碰到了一堵墙一样，马上就会反射回来。除非电磁波垂直入射，才能有部分穿透过去。从地球外来的电磁波也是这样，不可能那么容易地被我们的太空探针天线接收到。

吴波在第二天同来访的米凯又进行了讨论。米凯与吴波有同样的观点，认为信号还是来自地球上的某个用户。

大家吊起来的心，很快就落了下来。因为从两个方面都得到了反馈。一个是王志宇在清华大学信息科学院的同学，另一个是中国科学院数学所密码学的研究团队。清华团队的反馈说这个不是什么密码，太简单，密码不会用这么简单的方式来编，也许就像我们自己发向辐射带用的工程编码一样，只是为了看看回波是不是自己的。

中国科学院数学所的反馈比较特别，他们通过 AI 大模型用各种语言与其匹配，看看哪种可能性最大。这个想法首先基于编码是有内容的语言，然后才遍布查询各种语句在各种编码情况下与其的最佳匹配度。最后他们得出的结论是，这是一个疑问句，内容是：

"你是谁？"

第七章
深海工程

（一）

M国的国防部有一个秘密工程，已经开始实施5年了，比太空探针的建设还要早一点。工程的目标有两个：一个是更有效地为潜伏在深海中的核潜艇提供指挥信息；另一个是接收来自外太空的可疑信号，或者说至少是判断有没有来自外太空的信号。第一个目标其实只需要发射信号，并不需要接收。但是，他们在实验与潜艇进行双向通信时，在原有的地面水平铺设的天线上安装了接收机，不过并没有收到来自潜艇的信号，却收到了一些不知道哪里来的信号。因为天线辐射效率太低了，所以信号质量很差，勉强能从噪声中提取出一点儿有规律的东西。对这个模糊的信号，他们有两个判断：一个是来自国外的潜艇，比如中国核潜艇所发射的信号；另一个则有可能是来自外太空。

说到中国战略核潜艇的通信问题，实际上在多年前，因为保密性能差，中国已经放弃了用甚低频波段和深海潜艇通信的方式，而改用卫星激光通信，也就是用海水衰减最小的激光波段，从卫星上向潜艇发射激光。这种方式与甚低频通信相比的优点是功率需求小，通信速率高，且保密性能极强；缺点是潜艇需要有很好的自主导航。在自主精确导航的问题解决后，中国的战略核潜艇的通信问题就完全解决了，甚低频通信手段也不再使用。

M国目前还一直采用甚低频天线广播的方式向其战略核潜艇单向发送指令。同时，他们也在实验开展双向通信的办法。一个方案是在潜艇后面拖一个很长的天线作为发射天线，以提高发射效率，但是功率需要达到兆瓦级，这也是在潜艇上能够提供的最大的瞬时发射功率。此外，他们在岸基甚低频天线上增加了接收机，试图接收来自潜艇的信号。但是令他们失望的是，只有潜艇在岸基天线附近时可以收到来自潜艇的信号，一旦潜艇远离海岸，与岸基天线的距离超过3 000千米，信号就消失了。这显然和潜艇上的发射功率有关，当然也和水平铺设的接收天线的接收效率有关。后续也许需要想办法提升潜艇上的发射功率，这又关系更换更大功率的核反应堆的问题，要么就是提高岸基天线的辐射和接受效率。

在实验的过程中，他们岸基天线的接收机多次收到奇怪的信号，显然这些信号不是来自自己的潜艇。为了提升与潜艇双向通信的距离，同时提升接收奇怪信号的能力，他们启动了一项秘密工程，称为深海工程。

（二）

深海工程的想法来自一位空间物理学家，斯威夫·海兰德。他提出在深海处自海面向下垂直放置一根长天线，直达海底。如果海的深度是 3 000 米，则天线的长度可以达 3 000 米，在 1 500 米深的天线的中间，是天线的馈电端，形成一个竖直放置的深海对称阵子天线。再在海底和海面，即天线的两端加上顶负载，也就是展开扇形的金属网，就可以使有效辐射的工作波长达到 10 千米甚至更长。这个天线的辐射效率与地面上水平放置的天线相比会提升很多。由此，就可以实现对潜艇的远距离通信，而且也许能够对判断出那些微弱信号的来源有帮助。

其实斯威夫还有一个设想，但由于是基础科学研究，他怕国防部不感兴趣，就没有提出来。那就是通过发射甚低频电磁波，对辐射带做主动的调控实验。他是这个理论的提出者，也是最早用地基甚低频天线做这个实验的人，但是并没有成功。他希望在深海工程建设完成后，继续开展这方面的实验。

斯威夫在水下垂直放置天线的设想立即被 M 国国防部采纳了。他们任命斯威夫为总设计师，投入经费开始了深海工程的建设。就在工程开始建设之后不久，他们听说了太空探针计划。对于太空探针，斯威夫羡慕至极，但是如果在 M 国建设，不但技术上风险太大，而且也不可能得到那么多的经费。因此，他还是坚持了深海工程方案，继续加紧建设。然而，因为有了中国太空探针的潜在竞争，M 国国防部决定将深海工程设为高度机密的国防计划。

斯威夫名义上还是在大学里面任职，但是大部分时间已经参与到深海工程项目中。他的一个博士后研究合作者叫米凯·贝尔德。在他的建议下，米凯将中国的太空探针作为他的研究方向，并按计划已经在最近前往中国了。当然，米凯对斯威夫的深海工程并不十分了解，也没有加入深海工程。一方面是因为工程是高度机密的；另一方面是因为工程在建设中，辐射带主动控制实验还没有开始，并不需要科学家的加入。但不排除米凯就是未来帮助斯威夫分析数据和设定辐射带主动实验内容的主要人选。

尽管太空探针项目起步比深海工程晚了一年多，但是两个工程大致在同时建成并进入试运行。这天,斯威夫的深海工程天线在试运行时,收到了一些奇怪的信号。

深海工程的项目总部设在距离深海工程天线最近的一处海岸上。此时总部里正在召开会议,会议由斯威夫主持。

"阿里,你说说情况吧!"斯威夫说。

"好的。我们从昨天开始调试发射机和接收机。发射机工作正常,输出功率是 50 千瓦,约是原来地面天线功率的 1/100,但不仅距离我们 1 000 千米外的岸基站接收到了我们的信号,我们的潜艇也接收到了这个信号,距离超过了 5 000 千米。"阿里报告道。

"这个我知道,请你说说接收机的情况。"斯威夫说。

"接收机也是昨天开机试运行,到今天为止我们收到了几个不同的信号,有些不是很清晰。最清晰的应该是我们潜艇发出的信号,与岸基天线收到的相比已经很好了,很清晰;另外有一个信号也很强,可以判断是一个固定的编码,但是我们无法解释。"阿里说。

阿里一边说着,一边把这个信号的编码图像投到会议室的屏幕上。大家看到一组逐渐增加重复频率又逐渐减少重复频率的编码,中间还有一些交错跳动的频率。显然,这个编码是人为的，不可能是随机的。

"我们需要认真地分析一下这个情况，不然我们无法向国防部交差。"斯威夫说。

"我们试图找密码学家解释，他们目前仍然在分析中。我们认为这个不太可能是来自大气层，也就是海面以外的信号。因为它的强度相对我们岸基天线发送的信号来说要强很多。而我们岸基天线的发射功率已经达到5兆瓦了，我们都很难收到。"阿里的分析很有道理，因为大气中的甚低频电波要耦合到海里面比较难，一般只能到300米的深度。这个深度也是潜艇能接收到岸基天线信号的水深。深海工程的天线深度虽有3 000米，但也只能是上面浅水部分会感应到一些电流。除非，进一步加大地面天线的功率，可那又是不可能的，至少在M国是如此。

"如果它来自水下，那会不会是其他国家的潜艇呢？既然我们的潜艇可以拖一条长天线，其他潜艇也可能会拖一条长天线。"海军的一位专家问。

"这个我们确实不知道，但不排除有这个可能。"阿里说。

"这样，我们先假设它来自另一艘潜艇，只是信号比较弱。我们可以加大一些功率，发送一条信息给他们，看看有没有回复。"海军的专家建议。

"可以,我们正在试验阶段,即使发生了误会,也可以解释清楚。就这样办吧!"斯威夫最后下了决心,想看看那个特殊的信号到底来自哪里。

决定做出后,阿里用他们常用的军用密码发出了一条信息:"你是谁?"并且连发了三次。

(三)

斯威夫是空间物理学家,对甚低频电磁波的传播非常了解。他知道深海工程的天线主要是针对潜艇的,因为电磁波在跨越大气到海面的界面时非常难,大部分会被反射掉。但是为了项目被国防部批准,他没有过多地强调这个困难,硬是把探索太空中的神秘信号作为第二个工程目标加了进去。不过,因为天线竖直放置,效率确实比岸基水平放置的天线高很多,也许真的能够收到来自太空的信号也说不定。

他一直认为来自太空的信号的源头其实并不是地外生命,而是辐射带中的粒子运动。辐射带是上层大气中被太阳光电离后的带电粒子集中的区域。重一点儿的质子,也就是中性的氢原子的电子跑掉以后剩下的带一个正电荷的原子核，聚集在距离地球表面比较近的近赤道区域，称为内辐射带。轻一点的电子，聚集在较远的区域，也在赤道附近，称为外辐射带。两个辐射带的形状都有点儿像甜甜圈，只是一个大点儿，一个小点儿，地球被圈在中间。这些被束缚在辐射带内的带电粒子运动速度很快，所以具备较高的动能，可以轻易地穿透卫星外壳，进入内部，轰击半导体器件，使其损伤，造成卫星故障。因此，研究辐射带粒子的运动规律，自20世纪人造卫星发射以来，一直是科学家的难题。

　　为了更加主动地研究辐射带粒子，斯威夫是提出采用主动干预方法的第一人。他提出可以向辐射带发射甚低频电磁波，如果电磁波能够使粒子震荡起来，有点像拨动了控制带电粒子运动的地球磁力线的"琴弦"，就可以控制粒子的运动，使其随着拨动"琴弦"的力度的大小，有规律地减弱或加强。为此，他使用岸基甚低频天线做过多次实验，但是并没有获得什么突破，主要是因为能够耦合进辐射带的功率还是太小了。

　　当他听说中国开始做太空探针的时候，他的第一反应就是那个探针可以作为天线使用，其效率要远远高于岸基天线的效率。几年了,他一直密切关注着太空探针的建设新闻和其团队发表的论文,希望能够了解到一些新的进展。这当中就包括吴波团队发表的论文。他对这个人印象深刻。听说太空探针团队安排米凯跟随吴波做研究工作,他放心了。

至于来自外太空的信号,他认为这是不可能的。因为发射甚低频电磁波的天线的方向性很差,基本上是全向的。这些进入太空的能量很快就会以平方分之一的幂率衰减。太空那么大,电波还没传播太远就衰减掉,变成零了。更何况,大气层中的电离层,会对甚低频电磁波形成一个大气波导,将其限制在电离层以内传播,真正能够穿透电离层辐射出去的微乎其微。唯一能够传播到辐射带的能量,还是通过磁力线耦合上去的,而不是直接传播出去的。设想一下外星智慧生命怎么能将这么低频的电磁波发射到地球上来呢?它们可能还在几百,甚至几千万光年以外呢,如果宇宙中真的存在"它们"的话。

至于深海工程,除了为国防部实现与潜艇的双向水下通信以外,他最想做的实际上是将电磁波发射到辐射带去,进一步开展他的主动实验。现在看来,国防任务已经可以实现了,再看看那个奇怪的信号是不是他国潜艇发出的就行了。

他还是更感兴趣如何实现他的科学实验。考虑从海里将电磁波耦合到辐射带的难度,即使不行,他也有一个备份方案,那就是米凯在中国正要做的事情。

(四)

米凯在到达的第二天就参加了由吴波主持的组会。在收到中国科学院数学所的解码信息后,大家都在议论"你是谁?"是谁发射的,自然也希望米凯参加讨论。

米凯虽然偶尔也听到过他的导师斯威夫正在建设一个海底天线,但是出于保密的本能,他不能说太多。他心里明白这个信号一定是地球上的人发出的,而不是外星人。在短暂地考虑了一下后,他说:

"应该不是天外来信。甚低频通信目前仍是战略核潜艇通信的主要方式,也许是哪个国家的潜艇和他们基地之间的通信。"

"有这个可能,我们虽然不用甚低频做潜艇的通信方式,但的确很多国家还在用这个频段。现在我们的'探针天线'发射效率很高,因此我们发射的辐射带探测信号,可能会被他们收到。"吴波是这方面的专家,他同意米凯的观点。

"如果是这样,我们是不是可以不理睬,继续我们的实验?"吴波团队中的一个研究生说。

"不,我们必须注意这一问题,我们未来还会收到不少这样的信号。为此,我们应该有一个国际协调机制,使大家知己知彼。我们的科学实验信号,也应该告知各方,不然可能会引起误解并产生不可避免的干扰。"吴波说。

"国际电信联盟在长波业务,也就是广播频段以下,确实还没有任何规定。"米凯介绍说,"我们应该呼吁在这个频段建立一个协调委员会。"

这时,林一和刘萍萍进来了,他们也是来参加吴波的组会讨论的。自从大家得到数学院传来的消息后,都等待着这个组给出一个后续工作的结论。

"国际电联,ITU吗?无线电管理中心对口他们。"林一听到他们在讨论国际协调的问题,就插话说。

"我们立项论证时,也有相关专家提出过这个问题。但是那时我们还不知道我们的发射效率会这么高,也不知道我们的接收灵敏度也如此之高。"林一接着说道,"那么,你们认为那个'你是谁?'一定是一个未知的人类机构发出的,是吗?"林一是系外行星探测专家。他研究这个方向的最大动力之一,就是希望找到类地行星,甚至是找到地外的智慧生命。

"我们是这样判断的。不单单是因为信号太强,而是因为这么低频率的电磁波无法在太空中远距离传播,因此不可能由外星智慧生命从遥远的地方,比如几十万、几百万,甚至几千万光年外发出,然后传到我们地球还能具有这么强的信号,更不要说还要穿透电离层的阻隔了。"吴波十分有把握地说。

"好吧,但愿是这样。那就将我们用的频率公开,请大家不要误会我们,更不要把我们也当作外星人了。"林一笑着说。

"哈哈哈……"他最后那句话,引得大家都笑了起来。

(五)

不久后,经过协调,国际电信联盟向全球发布了太空探针使用的频率范围,也包括可能使用的编码样本。鉴于太空探针是一个科学装置,各个国家的军方用户也就没有提出协调的要求,默认了太空探针的频率。至于他们自己在收到太空探针发射信号的干扰后如何处理,他们会各自做出调整,

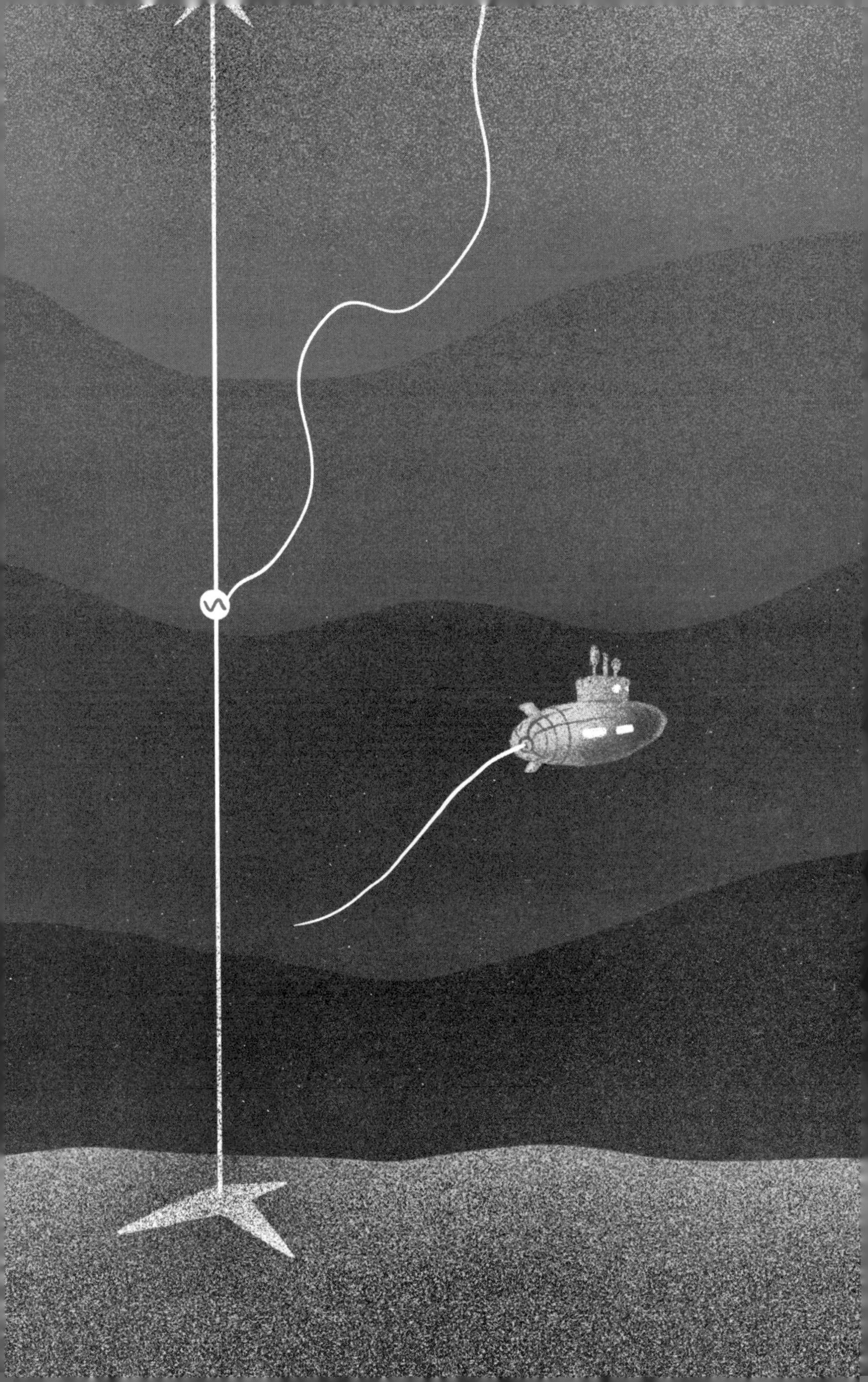

但是一旦出面协调,就会暴露自己使用的准确频率。因此,采用默认的方式,是最好的解决办法。

吴波他们则基本忽略自己调试方式以外的信号,不再对任何接收到的奇怪信号大惊小怪了,不过都是些各国潜艇的通信信号而已。

第八章
天 琴

第八章 天 琴

（一）

斯威夫在下令发出"你是谁？"的信号后，没有得到回音。可是那个调制波，仍然在不断地变换着频率，不断地出现。海军方面也在不断地催促他给一个说法——那是谁的信号？为什么那么强？

大约在两个月后，有人向他报告，中国目前正在使用这个频率做科学实验，天线就是太空探针。他终于明白了，那个调制信号是中国太空探针用作辐射带主动实验的信号，为此，他对太空探针具有如此强大的辐射能力赞叹不已。太空探针距离M国的深海工程超过1万千米，竟还能如此强地耦合到深海中，着实让人惊叹。

他随即给米凯发了一封邮件，询问了大致情况。米凯告诉他，这个实验使用的频率是公开的，可以在国际电联的网站上查到。目前实验确实在不断地发射不同频率的调制信号。发射功率只有10千瓦。

发射功率只有10千瓦？！斯威夫被这个数据震撼到。他对中国能在大气层垂直放置如此高的天线十分羡慕。他很快向国防部和海军报告了这个情况。他们对此非常介意——如果中国的太空探针能够干扰到他们,那应该也可以接收到他们发给潜艇的信号。斯威夫的答复是:"确实,但是所有深海中传播的信息都是全球性的,不只是中国,任何国家的潜艇和岸基天线都有可能收到我们和潜艇之间的通信信号,唯一可以做的,就是对信息做加密处理。"对此,国防部和海军表示理解。

奇怪信号的问题解决了,双向通信也实现了。深海工程圆满结束,国防部将设备移交给了海军运行。但是斯威夫保留了在海军不使用其与潜艇通信的时候,开展辐射带主动科学实验的权利。

斯威夫在这个领域是开创者,曾经发表过多篇理论文章。他希望沿着磁力线将一定频率的电波送到辐射带去,频率根据辐射带粒子围绕磁力线旋转的速度,也就是根据其能量或回旋半径而定。如果频率合适,可以形成粒子的共振,加速或者抑制粒子的运动,从而在一定程度上消除其发生剧烈爆发的可能。所谓剧烈爆发,即形成极高速的粒子事件,也称为相对论粒子事件。这样的粒子事件对卫星有非常大的破坏作用。因此这项研究,既是基础研究,也有一定的应用前景。

由于控制穿过辐射带的磁力线有点像拨动琴弦,所以也有人将这个研究项目称为"天琴"项目。在过去几年中，斯威夫利用岸基天线所做的实验都不成功，没有收到共振后产生的回波。甚至他为此还提出过一个立方星计划——将立方星发射到辐射带去，在那里进行实地测量，看看有没有共振现象。但是也没有获得有用的结果。目前他希望利用深海工程继续开展这项实验。

（二）

在太空探针这边，同样的实验正在进行。吴波根据斯威夫的理论和公式，计算了几个谐振频率，并用覆盖这些频率的甚低频波段，在太空探针天线上发射出了电波。但是，他们同样没有收到回波。

吴波知道米凯来自斯威夫的项目组，这也是他痛快地接受米凯作为访问学者来访的主要原因。这天，他们两个人在一起讨论起了这个问题。

"米凯，你认为问题出在哪里？"吴波问。

"我们所用的频率与斯威夫理论完全没问题，应该覆盖了谐振频率。没有收到回波，可能有几个原因。第一，也许是公式有错误，那我们就需要重新推导一下公式，但这个我们都做过了。第二，发射功率还是太小。第三，我们的天线所在地点在低纬度，通过我们这里的磁力线仅仅通过辐射带的内边缘，要想更好地激励辐射带中的粒子，需要将电波先传播到极区附近，经过辐射带中间的磁力线在那里穿出或进入地球表面。我们的电波需要先传播到那里，再耦合到磁力线上，是不是在那里有什么问题？"米凯若有所思地说道。

"公式有误的可能性不大，再有，粒子能量的范围，我们通过改变频率已经能够覆盖了。因此公式即使太过理想化，和我们的频率也不会差得太远。"吴波说。他对斯威夫公式很了解，认为其物理思路是对的。

"我们的发射功率虽然不大，只有 10 千瓦，但是我们天线的辐射效率很高，我们甚至收到了在大气波导中环绕地球一圈后的回波，其强度仍然很强。"吴波继续说。

"至于磁力线的位置，我们天线的极化方向是垂直于地面的，在向两极传播时，是通过在电离层反射几次才到达两极的，且由于我们的天线处于北纬 30 度，不在赤道上，电波到达北极和南极时的距离不一样，会出现相位差。如果正好处于反向，180 度，那它们到达辐射带时就会相互抵消。"说到这里，吴波对米凯说，"这样吧，你来计算下相位差到底是多少。"吴波觉得米凯提出的第三点好像是个问题。

"好的，我马上算一下。"米凯点头答应。

不一会儿，米凯拿出了数据。"到达南极和北极能够穿过辐射带的那根磁力线的两端，距离相差4 200多千米，以我们现在工作的波长，相当于200多个波长。考虑电波在电离层和地球之间要经几次反射才到达两极，相差的波长数更多。以我们目前用的频率范围来说，其中总会有数百个同相位到达辐射带的机会。"米凯说。

"那么我们就挑出那些同相到达的频点，并专门围绕这些频点再做实验，看看能不能形成共振。"吴波感觉还是这里出了问题。

"等一下，"米凯突然说，"我们能不能比对一下环绕地球一圈的那些回波？我们的天线是全向的，也就是说一旦发射机工作，电波是向所有方向传播的。那么绕地球一圈转回来的也应该是从各个方向回来的，达到我们这里的时间也应该是相等的。但是因为地球不是理想的圆形，不同方向回来的信号会有一点儿不同。这也是我们看到的情况，每个脉冲的宽度都有一些展宽，甚至还发生了一些错位和幅度的变化。我在想，用更多时间回来的一定是沿赤道转回来的，因为地球是一个扁椭圆球，赤道周长比经过两极的周长要长，那么经过两极回来的就会是最短的。"

"我明白你在说什么了,你是不是说,如果早回来的波的幅度有明显的减小,就说明我们的电波能量在经过极区时有被吸收,吸收掉的能量就是被耦合进辐射带的那些能量。"吴波接过米凯的话说。

"是的,我们如果确认了这一点,就说明耦合进磁力线没问题,问题只会发生在斯威夫公式上,粒子的谐振频率不对。那我们就再扩展我们的频率,看看错误在哪里。"米凯补充道。

吴波听完,马上和米凯在计算机上查找每次环地球回波的数据。这个回波是很好判断的,因为电波在地球表面和大气电离层之间形成的波导中传播的时间是可以准确计算的。当然他们的计算用了地球标准周长的数据,也就是约 40 075 千米。

在这个标准周长对应的时间上,他们再看前几次的环地球回波。原来的开关编码的脉冲宽度确实有展宽,这是由从不同方向回来的脉宽叠加产生的效果。不过令他们更为关注的是,很明显脉冲的幅度是从低到高的。也就是说先回来的脉冲幅度小,后回来的脉冲幅度大。这说明通过两极方向的回波能量有更大的损失。

这令大家很兴奋,也就是说甚低频电波的能量确实在两极区域被吸收掉了一部分。那下面的问题就是要确认，这些能量是否真的拨动了"琴弦"，使围绕磁力线旋转运动的高能粒子发生了谐振。

"按照斯威夫的理论，如果发生了谐振，就会发出更大能量的、与我们发射频率同频的电磁波，这些波会沿着磁力线向两极传播，进入大气层后，又会沿大气波导传向地球各地，我们在这里就应该能收到。是不是，米凯？"吴波问米凯，也是想让这个跟随斯威夫已经两年多的博士后，当面确认一下。

"是的，但是我们没有收到回波。"米凯既确定了斯威夫理论又指明了现状。

"理论没问题，能量确实被吸收了，那问题可能就是我们输入的能量还不够。"吴波说。

"我能问一下，我们将发射功率设定为 10 千瓦是如何考虑的吗？"米凯小心地问道。

"这个 10 千瓦是论证时按岸基天线的最低 2 兆瓦推算的，我们将天线竖直后的辐射效率是他们的 200 倍。当然做环境评估时，专家们都希望我们用更小的功率发射。"吴波说。

"但是，2 兆瓦，甚至后来增加到 5 兆瓦的岸基天线也没有收到回波，斯威夫的岸基实验都失败了。"米凯提醒道。

"对啊，我们如果想成功地获得谐振回波，就必须用更大的功率发射。"吴波好像突然也明白了。

实验暂时停止。吴波向林一汇报了情况，经过请示和论证，吴波的提高发射功率的申请获得了批准。50千瓦的发射机将在3个月内到位。

（三）

在M国，斯威夫开始准备他的实验。鉴于之前岸基天线的经验，他认为主要还是功率的问题。目前用垂直放置在深海的天线，应该大大提高了辐射效率，再加上岸基天线5兆瓦的发射机，功率应该足够了。他要思考的问题是如何才能更好地使电波进入大气层。

垂直于海面的对称阵子天线发射出的电磁波的主要能量在水下，是沿平行于海平面的方向传播的，要走很远，由于地球的曲率，会在海平面和海底形成反射，在海洋波导中传播。这时波的传播方向会和海平面形成一个角度，并射出海平面。但是由于大气的导电率要大大小于海水，电波从电导率密的介质向电导率疏的介质传播，会发生折射，以比入射

第八章 天 琴

角更大的角度贴近海平面传播。这正是斯威夫需要的。对于深海天线,虽然由于海水的导电率高,接收来自大气层的信号不易,但是一旦海底的信号穿出海面进入大气层,就会无阻碍地传播很远。贴近海面形成表面波,可以很容易地到达两极地区相应的磁力线附近。

他自己重新计算了电波的路径,又让研究团队和研究生们分别独立进行了计算,最后决定先使用2兆瓦的发射功率开展实验。之后,他们选择了海军没有使用天线的那几天,正式开始实验。

发射机已经打开,带有特定调制信号的电波发出了。斯威夫和他的团队焦急地等待在接收机旁。接收机的显示屏上,是连续的白噪声信号,操作接收机的工作人员打开了设备的扬声器,里面也传来了连续的"沙沙"声响,没有任何异样。斯威夫看了一下腕表,估计的回波时间应该差不多到了。他的眼睛再次看向屏幕。

突然,屏幕上出现了脉冲,一次、两次、连续的五次,又是一次、两次、连续的五次……是他们的调制信号!在场的所有人都高兴地叫了起来。

然而,斯威夫并没有高兴,他看到这个回波的波形非常不规则,高高低低,歪歪扭扭;他不认为这是辐射带的谐振回波；而且第一次和第二次衔接得很近，第三次和第二次又有不同的间隔距离，之后也很乱。

"大家不要高兴得太早，这个可能是海岸大陆架的反射回波，不是辐射带的谐振回波。"斯威夫冷静地说。大家一下子安静了下来，开始仔细看波形和计算间隔的时间。

这时斯威夫也突然想到，海洋表面和海底形成的波导，与地球表面和电离层形成的波导大不一样，边界条件要更复杂。因为海底高度非常不均匀，沿海岸线又有那么多大陆架。因此，电波发出后会碰到各种反射，真正能传播到大气层的电波也会变得比较复杂。

斯威夫回到办公室，面对墙上的世界地图和另一张海底拓扑图仔细地看着。从深海工程地点到南北极，只有一个可能，就是电波进入大西洋，但是在西非海岸大陆架和南美海岸大陆架都会遇到强反射。这些问题都是他之前没有考虑到的。在深海架设天线看来比在陆地上架设天线问题要复杂得多啊！

他想给米凯打个电话，问一下太空探针实验的进度。但是一想时间不对，此时正是中国的半夜。他就坐下来，给米凯发了一封邮件。

很快，第二天，斯威夫就收到了米凯的回复。他得知太空探针正在准备安装更大功率的发射机。

（四）

3个月后，吴波申请的太空探针天线的新发射机终于安装到位了。这一天天气晴朗，吴波向林一请示能否开始大功率的发射实验。林一请示了地方环保部门和无线电管理中心后，批准了吴波的实验申请。

虽说50千瓦的发射功率在甚低频段对人体和环境的危害并不大，但是在太空探针周围还是做了很多防护。首先，在发射机房增加了一层接地的屏蔽网；其次，在两层的观测楼的所有窗子上都增加了屏蔽网，和全楼的钢结构骨架相连，并良好接地。

上午10点，吴波研究组全体成员，加上林一和其他科学团队的领导都来到位于二层的甚低频天线的设备房间。大家等待着吴波发出第一次实验的口令。

实验的频率和发射频次是经过反复讨论的。在到达南、北两极后电波相位同相的20个频率点附近的扫描，都做了安排。经过反复核对实验控制程序后，随着吴波"开机"指令的发出，操作人员按动了打开发射机的回车键。第一组扫描频率发出了。

接收机的屏幕上显示着一片白噪声。很快，环地球的反射信号回来了，一次，三次，两次，三次。波形如前，叠加脉冲的前沿幅度较低，后沿幅度明显要高。脉冲编码同发射编码。

由于外辐射带高度约为4个地球半径，所以信号沿磁力线到那里诱发谐振后再返回的时间，比环地球回波到达的时间要晚。大家在等待期间都一声不吭，整个房间安静得即使有一根针落地，都听得到。

突然，屏幕上再次出现了回波，是太空探针的调制编码，一次，三次，两次，三次，大家瞬间发出了欢呼声。

"应该是谐振回波。"吴波高兴地说，"我们成功了！"

"祝贺，祝贺！"林一和吴波拥抱在一起，其他人也热烈地相互拥抱。米凯高兴地跳了起来，融入大家的拥抱中。

"'天琴'的'琴弦'被我们拨动了！"米凯高兴地说，"我要向斯威夫教授报告一下。"他马上拿起了电话，也不管那边是不是半夜，就拨了过去。

"斯威夫教授，我们的实验成功了！'天琴'的'琴弦'被我们拨动了，我向你祝贺！"米凯在大家的欢呼声中，大声地和斯威夫说道。

电话那边，在梦中被电话铃声吵醒的斯威夫，好一会儿才明白过来是米凯，听到这个好消息他也十分高兴，并表示了祝贺。放下电话，他已完全清醒。他开始思考如何利用这个成功，进一步对辐射带开展研究。他决定放弃利用深海工程的天线，转而通过米凯，参加太空探针的实验。

（五）

太空探针甚低频天线的辐射带主动实验进展十分顺利。吴波和斯威夫建立了周会议机制，他们在线上一起讨论如何利用这个主动干预能力，通过微调谐振频率，摸清楚辐射带粒子的能量和运动特性，包括控制发射功率、摸清楚发生谐振的边界条件等。这都属于非常基础性的研究。

实验是间歇性的。实验前详细讨论实验方案，配置实验参数，最大限度地减少发射时间，以避免对环境的干扰。实验后仔细分析实验数据，判断实验结果。

在"天琴"的"琴弦"被成功拨动大约 3 个月后的一天，观测楼办公室收到了国家无线电管理中心的电话：

"是太空探针办公室吗？我们是国家无线电管理中心。我们收到了国际电联的电文，有 7 个国家的无线电管理委员会对我们的太空探针提出了投诉，认为我们使用了没有申报的频率，干扰了他们的深海水下通信。请你们关注下，并出面协调。"电话记录传到了吴波手里，他感到非常意外，因为自太空探针在国际电联注册了使用频率后，从来没有发生过这样的问题，而且我们并没有使用申报范围之外的频率。吴波马上安排人上网查看这些国家对我们的投诉信息。结果发现，在他们收到干扰的时间段内，太空探针并没有开展实验，而且收到干扰的频率也不是我们使用的频率。吴波马上向国家无线电管理中心做了汇报，并安排人在网站上发了声明。

与此同时，吴波也在和团队讨论，这个干扰是哪里来的呢？他安排米凯马上和斯威夫联系，询问他们是不是又在开展什么实验。

米凯知道斯威夫教授的水下实验，但是不能和吴波说。他马上给斯威夫发了一封邮件，问他是不是还在开展水下发射实验。很快他得到了否定答复。

国际电联的网站上很快出现了反馈，7个国家的无线电管理委员会中有6个都不相信我们的声明。他们说干扰信号很强，只能是来自中国的太空探针。

好吧，如果你们不相信，我们就来搞清楚到底发生了什

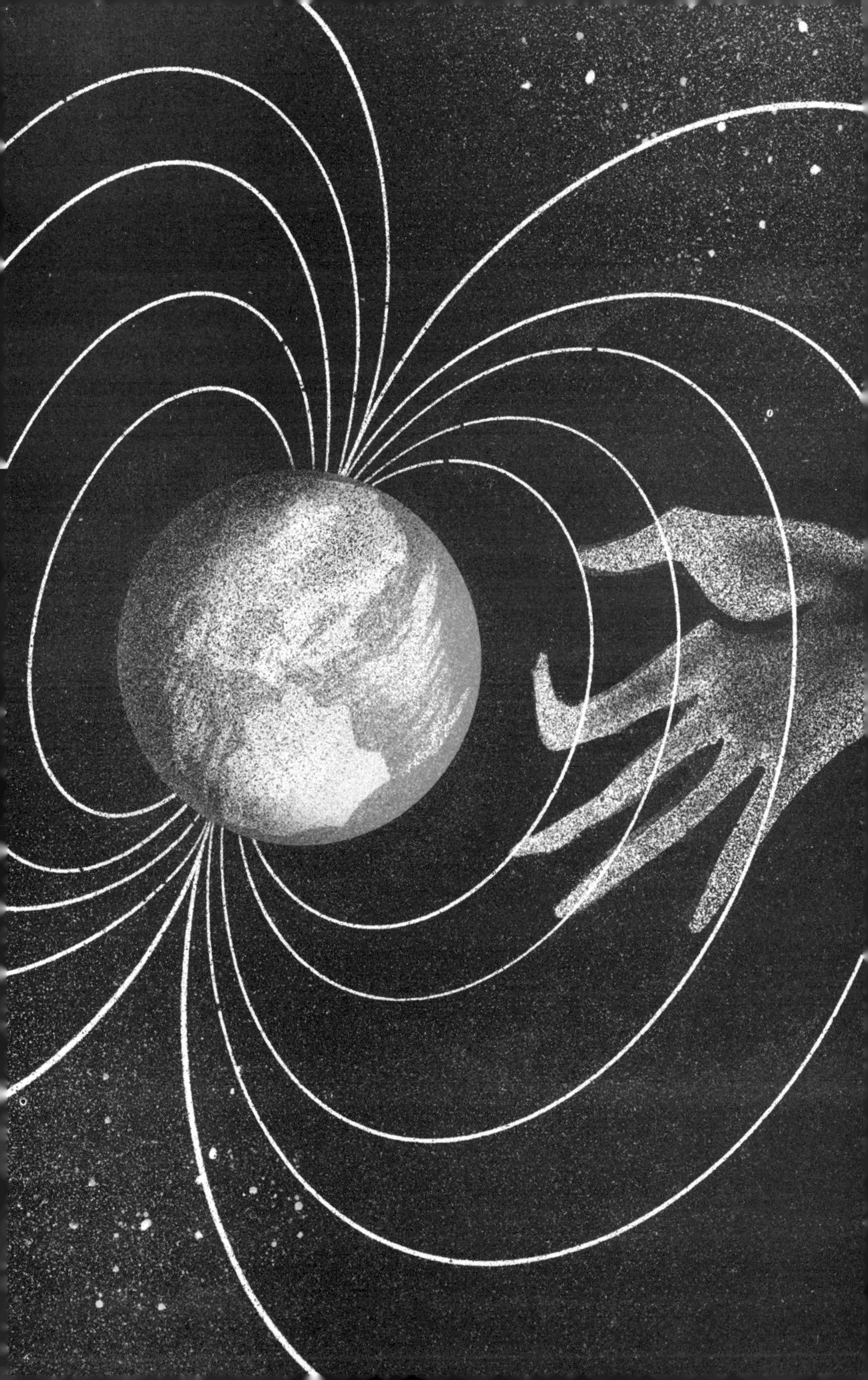

么，不单是因为你们的投诉，还因为我们天线的接收灵敏度最强，最应该承担起发现那个信号的责任。

吴波马上下令太空探针的接收机 24 小时开机，随时在全频段接收各种可能的种信号，不漏掉任何信息。这种工作方式实际上是对其他这个频段的用户的侦听，如果再进行密码破译，就有可能了解到他们的军事机密通信内容。

打开接收机后，各种信号很多，但是其中有一个偶尔出现的很强的信号，我们无法解码。几天后，国际电联网站上 7 国的抱怨再次出现了，还是抱怨太空探针干扰了他们。从他们抱怨的那个信号出现的时间看，就是我们无法解码的那个奇怪的信号！

这就怪了！难道又出现了新的情况吗？是谁在秘密地拨动"天琴"的"琴弦"吗？

第九章
天狼星 c

（一）

自太空探针上的科学仪器开始试运行以来，林一的望远镜也一直在运行。他们根据原来的设想，主要关注距离太阳系最近的20颗恒星。当然是从三体星中的比邻星开始，再到距离太阳30光年远的天囷二星。

林一的4米孔径精密天体测量望远镜观测的原理是，把要观测的目标星放在视场中间，再在它的周围，找到距离超过1 000万光年的6~8颗参考星，然后测量目标星和参考星之间距离的变化。如果目标星周围有行星围绕其转动，这些距离就会随时间发生变化。由于目标星距离近，行星对其扰动的相对变化要比遥远的参考星受到各自行星系统的扰动大得多。因此可以认为，这些变化的观测值主要是由目标星周围的行星引起的。再经过数据处理，就可以发现目标星周围行星的轨道周期、质量等非常重要的信息。这个方法被称为天体测量法，对测量精度的要求很高，因为行星对恒星由于引力作用的扰动是非常微弱的；观测精度必须要高于这些行星扰动带来的角度变化。

林一的团队，特别是韩旭等技术人员，用了大约3个月的时间来验证观测精度。他们发现在平流层这个高度，大气的影响已经很弱，只会影响那些极为暗弱的目标，而且可以通过长时间的观测予以校正。太空探针顶部观测平台的扰动，由于有水平稳定平台的作用，不会影响观测。因此，从第4个月开始，他们就进入了正式观测，对大约20颗距离在30光年以内，且在太空探针地理位置可视的恒星进行循环观测。每颗恒星观测15分钟，记录下目标星与它背景中的6～8颗参考星的距离数据，再将望远镜指向下一个目标星做同样的记录，每天一个循环。当然，这都在天空全部黑暗下来以后进行，直到黎明天亮。

在林一心里，距离太阳系10光年内的恒星，他最为关注的是天狼星双星。那是由两颗恒星组成的一个双星系统。其中天狼星A是一颗主序列的蓝矮星，其亮度比太阳高，表面温度大约是太阳的2倍，体积也比太阳大一点。它很可能有一个行星系统。天狼星B是一颗白矮星，已经进入到一颗恒星的寿命末期了，表面温度虽高，但是亮度极低，体积很小，虽然也会有行星系统，但拥有类地行星的可能性不大。这两颗恒星相距大约20个天文单位，也就是20个地球到太阳的距离，并相互围绕一个椭圆轨道旋转，大约50年一个周期。它们距离太阳8.6光年。其他比天狼星近的恒星都是红矮星，不属于主序星系列，体积太小，温度太低，与太阳相差很远。已经发现的，围绕它们旋转的行星都是几天或几十天公转周期的近距离行星，不在宜居带内。

观测是很辛苦的工作，由王志宇和刘萍萍带着3位研究生负责。一般来说，设备都是通过程序控制来运行的。探针顶科学观测平台由于没有云的干扰，所以基本上可以不受天气影响地每天工作。但是，一旦数据出现异常，设备出现故障，都需要现场值班人员马上处置。因此，观测团队都是白天睡觉，晚上工作。这也是夜天文的工作方式。他们常常羡慕日天文，也就是开展太阳观测的团队，可以过上"日出而作，日落而息"的普通日子。同时，他们也羡慕在卫星上开展空间天文观测的同事们，如果把卫星放到日地系统的拉格朗日点，就可以24小时开展观测，效率提高了一倍。

林一除了决定和处理所有观测设备的一般事务，观测了大约半年后，他开始关注天狼星双星系统的观测数据的变化。因为从理论上说，如果没有行星围绕着目标星旋转，半年来的观测数据应该是完全重复的，目标星和参考星之间的距离始终保持不变；但是，如果有，那么数据就应该开始有变化了。

工作日复一日，从正式开始观测算起已经过去8个月了，因为一直没有听到王志宇和刘萍萍的任何数据有变化的消息，林一和韩旭打算从北京飞到稻城。他想自己看看数据到底有没有变化；也需要韩旭对望远镜的状态做一个检查，确认设备有没有什么问题。

（二）

王志宇和刘萍萍的分工是每人在观测楼值一天班，第二天在香格里拉镇上学术交流中心的宿舍里补觉。

林一与韩旭到稻城的这天，王志宇在补觉，刘萍萍需要值班，就只有行政助理次真去机场接他们。

在机场，林一意外地碰到了来接另一批客人的严景。自工程开工以后，两人好久未见面了。好朋友见面分外开心，加上现在严景还多了一重身份——他可是看着观测塔一点一点增高直到建成的人，也是提出这个提议的第一人，所以一见到林一，严景就嚷嚷着要他请客。林一欣然应允，他可是答应过严景工程验收后一定请他在北京或成都吃大餐。

在机场停车场，林一和严景告别后，他们的车子直接开到了塔底的观测楼。当他们来到观测室的时候，只有刘萍萍一人在值班，正在为晚上的监测工作做准备。

"啊，林老师、韩老师，你们到了，我以为你们要先去基地休息一下，明天再上来呢！"刘萍萍有点儿惊讶地看着林一他们说。

"不用休息，我还是关心我们的数据，为什么一直没有变化呢？"

"不是没有变化，只是变化的规律不清楚，我们认为那就是A星和B星在相互旋转过程中的'自行走'。所以没有向您汇报。"刘萍萍说。

"是的，A星和B星相互旋转，8个月了，应该可以看到它们的移动。但是就没有一点点其他的变化吗？"林一还是有点儿不甘心地问道。

"没有发现。"刘萍萍有点儿委屈地说。

林一和韩旭又上到探针顶上的科学观测平台，这里地处平流层，其高度稳定的低温环境对探测器需要的低温条件非常有利。韩旭检查了一下设备，向林一报告，温控状态很好。另外利用干涉光的定标程序也运行稳定，设备应该没有问题。

中午在观测楼和观测人员一起吃过饭,他们就回到了香格里拉镇上的学术交流中心。

下午,补觉的王志宇醒来,他一般是上午睡觉,下午工作。很快,他和林一就坐到了办公室的计算机前,分析天狼星 A 星和 B 星的观测数据。

"从我们目前 8 个月的数据看,A 星和 B 星正在向着相反的方向走。这也和历史上观测的结果,也就是 50 年一个周期的态势吻合。"王志宇说。

"是的,可以看到行走的规律和你模拟的 50 年周期的弧线是吻合的。"林一一边看着数据,一边说。

"如果它们有行星系,那么就应该体现在对这个弧线的扰动上,并出现周期性的扰动。"王志宇接着说。

"现在已经 8 个月了,如果有短周期的行星,比如几十天的,应该可以看到规律了。如果有类地的行星,1 年左右周期的,8 个月也应该看到一些影子了。但是好像什么都没有。"王志宇继续说着。

"我们现在仍然是按照原计划,每颗星观测 15 分钟,每天一个循环吗?"林一突然问道。

"是的,一直是这样观测的。"王志宇肯定地说。

"这样吧,既然我们知道前面那几颗星,也就是比天狼星距离地球更近的那几颗星都是红矮星,我们干脆放弃它们,增加对后面主序星的观测时间。这样可以增加积分时间,提高数据精度。"林一说。

"可以,这样我们就能增加一倍多的观测时间。每颗星从 15 分钟,增加到差不多 40 分钟了。"王志宇说。

"我需要把周期定标的程序改一下,配合这个新的观测计划。"韩旭建议,他关注的是那个周期性的干涉光标定程序。

"好的,就这样定吧!我们的目标是发现类地行星,而不是简单的普查。"林一最后拍板做了决定。

(三)

回到北京后,在等待后续的观测数据是否会有变化的同时,林一收到了吴波的报告——太空探针天线与其他国家的海底通信装置一样,收到了一个奇怪的甚低频电磁波的干扰信号。他与吴波团队仔细讨论了这个信号的可能来源。

大家都在抱怨这个干扰,似乎谁都不是这个电波的发出者,或者至少不承认这是他们发出的。这里就有两种可能：一种是"贼喊捉贼"；另一种是出现了一个隐藏的发信号人。这又有两种可能：一种是发信号人在做秘密的军工实验，比如建了一个新的太空探针天线，或使用了更加创新的岸基大功率发射机等；另一种可能就是来自地外文明。

大家观点一致地排除了来自地外文明的可能性。原因就是甚低频电磁波在宇宙中的传播距离不可能很远，因为是全向传播，能量衰减很快。此外，地球电离层会屏蔽掉从内向外和从外向内的绝大部分甚低频电磁波，并将它们反射回去，就像光碰到了镜子一样。

至于谁在研制新设备，如果他们不向国际电联报备，我们就无从了解。因此，用新设备开展秘密实验的可能性最大。

与此同时，林一对吴波团队成功地激励了辐射带的谐振感到非常高兴。尽管这是工程建设早就论证了的目标，但是能够真正实现这个目标还是非常不容易的。这表明我们设备建设的初衷实现了。他更加希望吴波团队能够利用这种方式，开展更深入的研究，在基础研究领域取得更大的成果。

就在各国继续对那个神秘信号提出抗议，并且大家都在等待那个秘密实验国向国际电联公开报备他们的实验的时候，吴波又向林一报告了一个情况。

这段时间吴波下令接收机全天开机后，他们发现那个神秘的信号不断地出现，且渐渐展现出一些奇怪的规律，比如它大约每38.3个小时出现一次，或间隔2个38.3小时，也有一次间隔了3个38.3小时，也就是说它每次出现的间隔时间都在38.3小时的倍数上，很准确。但是每次出现后的持续性不规律，有时只有几十秒，有时则会持续几分钟，其信号强度也不稳定。

对此，林一和吴波都无法判断原因，只能进一步地等待。

（四）

终于，在增加了对天狼星和其他主序星的观测时间后，林一的4米孔径望远镜的观测数据开始出现一些规律性的微小变化，此时距离开始试运行已经过去了将近两年。为了方便讨论，林一再次来到稻城。

他们发现在天狼星A星和B星的数据中，有一些噪声叠加在那个恒星"自行走"的弧线上，两颗星都有。开始大家以为这就是噪声，但是经过一段时间的观测后，发现它们有重复的迹象。在 A 星和 B 星的观测数据中，那个噪声的重复频率都是 85 天左右。这表明它们的附近各有一颗公转周期在 85 天左右的行星。当然，由于噪声时高时低，也不是很稳定，所以目前还很难下定论。

王志宇和刘萍萍是林一团队中数据分析的主力。王志宇负责建立数学模型，刘萍萍主要负责观测和数据整理。

"模型提示的行星质量分别是多少呢？"林一问王志宇。

"很难判断，无论是 A 星还是 B 星的，好像都非常小。但如果是这么小的天体，也不可能有 85 天的公转周期啊。"王志宇困惑地说。

"我还是觉得像噪声，因为它引起的周期性变化非常小，虽然有周期性，但不像是公转引起的。"刘萍萍插进来说。

"看来我们的模型不工作了。"林一开玩笑地对王志宇说。

"不会啊，我们的模型是经典的牛顿模型，至少在大数部分不会错，小数点后的部分不敢保证，因为没有考虑爱因斯坦广义相对论的影响。"王志宇委屈地说。

"看看，吓住了吧，我不是那个意思。我是说我们针对的是系外行星系统，什么情况都可能发生，不能用太阳系的行星模型去理解它。"林一虽然这样说，他心里其实也没有很好的解释。但是，经过近两年的观测，数据的重复规律是稳定的，他更相信观测数据，而不是模型。

忽然，他想到了一个问题，马上对王志宇说："既然A星和B星的公转周期都是85天，你们看看它们变化的相位有什么相关性？比如是不是一起升高，一起降低，或者有一个固定的相位差。"林一说道。

"啊，你是说是不是有一颗围绕它们两颗恒星旋转的行星？"王志宇恍然大悟，马上开始和刘萍萍一起看数据。

林一走出观测室，来到走廊，在走廊里踱步。他对天狼星的期望很高，但是如果这个行星距离A星和B星都很远，则不可能在宜居带内，他想寻找的类地行星目标就又落空了。当然还可以到距离太阳更远的地方去找，比如15光年，20光年，但那就要放弃天狼星这个距离太阳只有8.6光年的"希望"了。

不一会儿，林一被刘萍萍叫回了观测室。

"它们的相位完全一致。但是我无法用模型来对应上，也就是说85天的周期太快了，那这个行星就会很大，但是 A 星和 B 星的变化数据幅度又太小了。"王志宇很是困惑。

"哦？这个有意思。那么大的行星，转那么快，确实不可能，物理上也解释不了。"林一开始怀疑自己的想法，思索着：若它不是围绕两颗星旋转的，那么大的一颗行星，周期只有 85 天，距离两颗恒星又那么近，它会是如何运动的呢？

"这个双星系统如此靠近，它们之间必定有一个引力平衡系统，就像我们太阳系里地球和太阳之间的拉格朗日点。在第四和第五拉格朗日点（L4 和 L5）那里会有行星被捕获并长期稳定地运行。那个区域就像特洛伊木马的肚子，天体一旦进入，既不会被 A 星拉过去，也不会被 B 星拉过去，永远留在那个平衡点附近做近似圆周运动，叫晕轨道。如果有几个比较大的天体在那里，就会给两个恒星的稳定性带来扰动。这也许就是我们观测到的那些噪声？"林一豁然开朗地想到了拉格朗日点的问题。

"对啊！应该是这个道理。天体运行中的拉格朗日平衡点附近，可能保留一些天体，或称为小行星，但是如果它们太小，我们根本无法从恒星的观测数据中发现它们。我们的数据表明应该有比较大的。"王志宇兴奋地说。

"这个双星系统很有意思，如果真有行星在它们之间，那在行星上面将看到两个太阳，当然根据 A 星和 B 星的亮度，也可以说一个像是太阳，另一个就像是我们的月亮。"刘萍萍的想象力被激发了出来，兴奋地说。

"对，一个在白天出来，一个在夜间出来，永远如此，多有意思。"一个年轻的研究生说。

"由于是在拉格朗日点上运动，即使是较大的天体，其对 A 星和 B 星的引力扰动也是很小的，所以我们观测到的变化就像是噪声。"林一越来越肯定自己的判断了。

"我们马上修改一下原来的行星系统模型，加上拉格朗日点，再带入我们的数据看看！"王志宇兴奋起来。

（五）

这边，吴波他们的接收机一直开着，接收了大量的数据，其中很容易判断的是各国的水下通信数据。吴波他们并没有试图去了解他国的通信内容，即使为了判断它们是不是那个奇怪的信号，有时需要进行必要的解码和记录，但过后也都删除了。还有一些是起伏的噪声，这可以和太阳的活动联系起来，比如在太阳发生大的爆发的时候，太阳喷出的成团物质，也叫日冕物质，如果喷向地球的方向，就会引起地球的磁场、电离层甚至中层大气的波动。这些波动也可以被太空探针天线接收到。但是由于和太阳活动有很好的对应关系，吴波他们也很容易分辨，只是把数据提供给空间天气预报中心，作为他们的相关数据保留，进入他们预报系统的数据库。

但是那个每隔38.3小时或其倍数时间就会出现一次的信号，和太阳的爆发没有相关性，而且在所有噪声波动中显然比较特殊，有明显的人为因素，或说是非自然因素。然而，最近那个神秘的信号又不见了。

在一次国际学术研讨会上，以"非自然甚低频波动信号"为题，国际电联还组织了一次专题研讨。参加研讨的，都是来自使用甚低频波段的用户国家的官员或学者。吴波在会上做了专题报告。在报告结束的时候他说：

"这个信号我们已经观测了很长时间。由于它的出现是有规律的，因此对我们的辐射带主动实验并没有什么影响，我们可以选择它不发射的时间做实验。但我还是希望国际电联向各国再次发出咨询，了解下到底是谁在使用这个频段，并请他们正式向电联注册备案。"

"实际上，前不久，我们已经第二次向各成员国发出咨询函了,但是仍然没有收到回复。根据大家的报告,最近那个信号好像不再出现了是吗?也许是他们主动停止了实验,也就没有向我们报告的必要了。"参加讨论的有国际电联的工作人员,他这时发言说。

"问题并没有解决,说不定什么时候它就又出现了。我们需要通信的时候会使用这个频段,而通信的需求是随机的,因此这个信号的存在对我们的干扰是实质性的。我们再次提出抗议。"M 国的代表发言道。

"我们这样办好不好?"国际电联的工作人员建议,"下次再发现这个信号,请大家都使用明码,也就是莫尔斯电码,分别发出同一个信号,比如:请停止对我们的干扰,并向国际电联注册后再使用这个频段。"

所有参会的人员都愣住了,对啊,为什么不呢?如果他们是地球上的用户,其实也不可能是其他什么天外用户,他们一定可以读懂莫尔斯电码。因此,这个大家分别发出的声明就是一种警告、一个抗议。

"同意!"所有人都异口同声地表了态。

回国后,吴波向林一做了汇报。经过向国家无线电管理中心请示,他们得到了批准,在那个信号再次出现的时候,可以用明码,发出与其他国家一样的警告和抗议信息。因为我们太空探针天线的效率最高,最有可能被那个神秘用户听到。

(六)

"找到了!找到了!"这天王志宇兴奋地冲进了林一在香格里拉学术交流中心的办公室。

"我修改了模型,加入了拉格朗日点,然后带入了我们的数据,发现两颗恒星的唯一噪声,应该就来自它们绕行轨道上的一个拉格朗日点,L4 或 L5。"王志宇抑制不住自己的兴奋心情,对林一说。

"别急,你是说噪声来自一颗行星吗?"林一也兴奋起来。

"是的,一颗行星!在 L4 或 L5 点附近,靠近 B 星一侧,晕轨道的周期是 85.5 天,就可以产生我们观测到的噪声。"王志宇说得不断地喘着气,他太激动了。

"太好了!那你模型中假定的行星质量呢?"林一最关心的是这个。

"我用了几个质量,发现如果质量选择为地球的 1.15

倍,数据吻合得最好!"王志宇用抑制不住兴奋的眼睛看着林一说。

"啊,那就是另一个地球啦!"林一高兴地说,"在这个距离上应该是宜居带,我们找到第二个地球啦!"

"太好了!请萍萍再核算一次,如果确认无误,马上发到网上,先向全球天文界通报,请他们开展联合观测。"林一明白,这是一个重大的发现,不是因为这是一个宜居带类地系外行星,而是因为这是一个距离我们最近的宜居带类地行星。在这个距离上,位于太空和地面上的那些大望远镜,也许可以看到它的大气,甚至可以通过明暗变化,看到它的自转周期。

当天夜里,林一兴奋得几乎没有睡觉。他自己又把王志宇和刘萍萍的模型再次核算了一遍,不,不是一遍,而是 N 遍,再将观测数据代入,结果确认无误。这个他期盼了超过 10 年的成果,终于出现了。啊,不,不是 10 年,从他上中学时听到那个科普报告开始,他就笃信,那个类地行星,距离我们最近的那个,一定会被发现。

很快,这个通报就被全球知晓了。这颗行星被命名为——天狼星 c。

（七）

最先看到这个通报的是 M 国的天文台，他们马上通知了航天局正在运行的 6.5 米孔径太空望远镜。这个望远镜除了开展暗物质探测以外，还有一个重要的任务就是直接观测系外行星。但是，前期他们发现的系外行星都是很远的，这是因为他们采用的观测方法是凌星法。也就是当系外行星运行到望远镜和它的宿主恒星之间时，行星会遮挡住一点儿宿主恒星发出的光。用高灵敏度的探测器，可以探测到这个光有微弱的下降。当行星走出这个区域，不再对恒星的光产生遮挡，望远镜观测到的宿主恒星发出的光就又恢复正常。这个现象如果周期性地出现，就可以基本确认那是颗行星。

这种方法，只适用于当行星运行的平面，也就是黄道面平行于恒星和望远镜的视线的情况。其他情况，比如当黄道面完全不在视线连线上，就不会发生遮挡的凌星现象。M 国的这个 6.5 米孔径的太空望远镜不是不想针对临近的恒星，包括天狼星开展观测，而是因为这些临近恒星的黄道面都不在视线连线上，因此什么都没发现。不过，当它将目标选择到远处，比如几千甚至上万光年以外时，总会碰到黄道面在我们视线上的行星系统，因此，它也陆续发现了大量的较远的系外行星。

这个望远镜还有一个极强的功能，就是可以直接观测系外行星。由于宿主恒星，或叫目标恒星的光度很强，如果不把它挡住，根本看不到它周边的行星，为此，与这个太空望远镜项目一起实施的还有一个遮挡板任务。这个任务就是要在装置上天后，打开一个巨大的、向日葵形状的遮挡板，并将这个遮挡板放置到距离望远镜的前端数千米远的地方。遮挡板和望远镜的连线方向就是要观察的行星的宿主星方向。当然，这个方法需要承载遮挡板的飞行器具有很精确的轨道控制能力，可以在几千米远的距离上，准确地为望远镜挡住需要观测的行星的宿主恒星发出的光，使得望远镜能够更容易地发现和探测到行星。

M国的航天局收到他们天文台的通知后，马上将望远镜和遮挡板的观测方向向天狼星方向调整。根据林一团队提出的天体坐标，其运行团队用了3天时间才将遮挡板的轨道调整到该方向上，使其与望远镜的连线刚好指向天狼星A。两者之间的距离为1 000米。

观测开始了，当遮挡板刚好把亮度最强的天狼星A挡住后，望远镜的视场一下子暗淡了下来。在天狼星 A 的左下方，一颗行星——天狼星 c 出现了。它的光度很弱，但是仍然能够看到它。就这样，望远镜和遮挡板连续对天狼星 c 观测了 10 天。他们最后确认，首先，这是一颗行星，位于天狼星 A 星和 B 星之间更靠近 B 星的一边。其次，这颗行星有自转，因为在连续观测了 10 天后，发现它的亮度有 38.3 小时一次的明暗变化，但是明和暗的光度差别并不大。很快，他们就把观测数据公开到了国际天文网上。

（八）

另一个行动迅速的是中国的 X 射线太空望远镜。这个望远镜的主要科学目标是研究黑洞及其周边的极端物理现象，并接收暗物质粒子碰撞湮没后产生的高能宇宙射线。收到天狼星 c 的位置信息之后，他们分析认为虽然他们的望远镜的空间分辨率不高，无法直接看到天狼星 c，但是由于天狼星 A 是蓝矮星，表面温度极高，因此他们的望远镜可能会观测到天狼星 A 的 X 射线爆发。

果然，当他们把观测方向对准了天狼星 A 之后不久，就收到了不稳定的 X 射线辐射，且能量极高，设置在望远镜平台上的伽马射线探测器也有响应,看来是宽能谱的辐射。但无论是 X 射线还是伽马射线,都时有时无,这是一个怪现象。

望远镜的首席科学家决定继续观测一段时间。在连续数天的时间里,他们发现,这个间断性的辐射具有和 38.3 小时相关的规律,也就是说它出现的时间总是 38.3 小时的倍数。很快,他们将中国 X 射线望远镜的观测结果也公开到了国际天文网上,并表示由于辐射和 38.3 小时相关,他们初步判断,X 射线不是从天狼星 A 或天狼星 B 上发出的,而是从它们的行星天狼星 c 上发出的。

(九)

看到国际天文网上 M 国 6.5 米孔径太空望远镜和中国 X 射线太空望远镜公布的数据后,太空探针的团队异常兴奋。林一在第一时间召开了会议。

"看来我们的发现非常重要,已经牵引出了几个重要的太空望远镜的观测结果。最为重要的是那个 38.3 小时的数据,看来不是巧合。"林一和大家说。

"我认为我们的 X 射线望远镜观测到的 X 射线和伽马射

线辐射，就是天狼星 c 发出来的，因为天狼星 c 的自转周期就是 38.3 小时。在它上面一定有一个很强的发光源。"王志宇抢先做出了判断。

"可能还不止有一个发光源，因为我们收到的甚低频射电波的出现也是这个周期。但是我不理解，甚低频波为什么能传播这么远？"吴波接着说。

"这么宽谱的电磁波，从甚低频到伽马射线，能从一个行星上发出，那是什么物理机制呢？"米凯发出了疑问，实际上他还有别的想法。

"我也有同样的疑问。我们甚低频收到的信号虽然是断续的，但是有时会持续几分钟，比他们收到 X 射线和伽马射线响应的时间都长，而且还不像是自然噪声信号。"吴波非常明白米凯真实想要表达却没有明说出来的想法，其实他从看到国际天文网上 M 国太空望远镜发布的行星周期数据开始，就开始思考这个问题了。

"这个要非常慎重，也许真还有我们不理解的物理机制，可以产生这么强的和这么宽谱段的电磁波。"林一也压抑着内心的波动，慎重地说。

"那我们要不要再等等，看看其他望远镜，包括地基的大望远镜的观测数据？"刘萍萍问道。

"是的，我们需要考虑新的物理机制，另外，我们也需要等其他设备的观测结果。"林一说。

"我有一个同学在欧洲南方天文台工作，我问问他们的40米极大孔径望远镜看到什么了没有。"米凯说道。

（十）

此时此刻，位于南美洲智利中部的欧洲南方天文台的40米极大孔径望远镜团队正在讨论这个问题。连续多天，他们暂停了其他计划中的观测任务，全时用于天狼星c的观测。

自从看到了中国太空探针发布的数据之后，他们就紧急召开了用户会议。参会的用户都是目前排队等待观测的、来自世界各地的研究团队。他们的研究目标各异。有利用这个空间分辨率极高的望远镜观测引力透镜研究暗物质的，也有利用这个望远镜研究黑洞的。由于这个望远镜覆盖了从可见光一直到红外的波段，且空间分辨率极高，尽管有大气湍流和水汽的扰动和散射，但是其实际观测效果还是超过了6.5米孔径的太空望远镜。经过讨论,所有用户都同意暂时停止全部观测计划,全时工作,观测天狼星c。

找到天狼星c对这个极大孔径望远镜来说并不难,难的是要在天狼星A这颗极亮恒星的光芒下,分辨出那颗小小的行星。这个望远镜,不能像太空望远镜那样在远处放一个遮挡板,挡住天狼星A的光芒。但是通过这个望远镜精确的瞄准和定位能力,它上面配备的光谱仪,可以从天狼星c所在的那个具体位置,具体说就是那个位置上的几个像素,观测到它发出的光的光谱。

很快,他们通过光谱分析得出初步的结论:在天狼星c的大气中,有这样几种主要成分,其中氮气占80%,氧气占13%,二氧化碳占3%,甲烷占1%,剩下的痕量成分,无法分辨。对此,他们非常激动,因为这和地球大气的成分非常接近。它显然可以被称为是一颗类地行星。

他们决定连续观测一段时间并对数据复核后,再公布观测结果。

就在这时,观测团队中的一个年轻人接到了米凯的邮件。经过请示后,他将初步的观测结果通过邮件告诉了米凯。

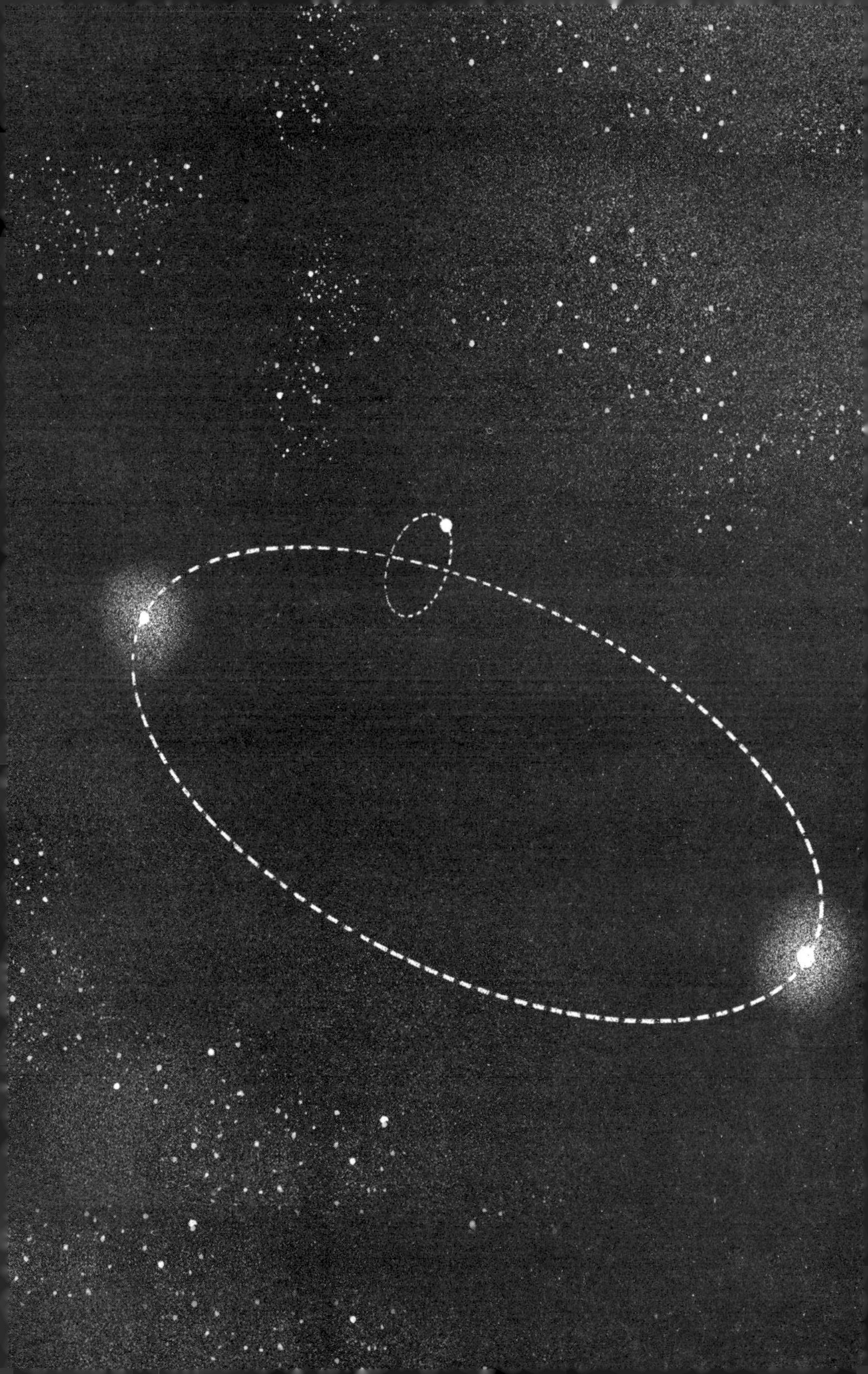

米凯收到邮件后,对其大气成分与地球如此类似也非常惊讶。但是他没有看到那个"38.3"的奇怪数据,就又发邮件询问。

不久他得到了答复,40米极大孔径望远镜,在可见光和红外波段,没有看到周期为38.3小时的任何脉冲。

第十章
闪 烁

（一）

斯威夫看到吴波他们成果不断，在自己的大学办公室里再也坐不住了。利用他一年的学术休假，申请了到中国来做访问学者。此前，他已经同意米凯延长他在中国的访问时间，所以米凯从太空探针开始观测后，就一直在中国工作。当然，斯威夫要去中国，还必须向M国国防部申请一个许可，条件是对深海工程要守口如瓶。

在这两年多的时间里，吴波实际上也一直和斯威夫保持着联系，主要是关于主动实验的方案。按照斯威夫原来的理论和设想，在寻找到谐振频率以后，要试图调整发射功率和调制方式，让辐射带内的高能粒子定向运动或者停止定向运动，以抑制相对论性粒子事件，也就是那些运动速度接近光速的粒子事件的发生。为此，斯威夫曾设计了一个测量相对论性粒子事件的立方星，一方面想看看辐射带是否发生了谐振；另一方面想看看能够接近光速运动的粒子是不是受到影响，能量减小了。这个立方星目前仍然在轨，这也是除了讨论理论问题外吴波想和斯威夫合作的另一个原因。

斯威夫来到稻城，对太空探针的赞叹自不必说。他很快就进入了工作状态。也是在这时，林一他们公布了天狼星c的探测数据，国际天文网上也陆续出现了各大望远镜的观测数据。斯威夫也就自然而然地加入数据分析和判断的讨论中。

这天米凯从欧洲南方天文台收到了第二封邮件，提到他们并没有发现与38.3小时相关的任何周期性规律。虽然这个消息还属于内部的，没有在网上公开，但是在林一的团队中却像投入了一颗重磅炸弹。

"怎么搞的，40米极大孔径望远镜竟然没有发现38.3小时的规律。难道是我们搞错了？"林一在得到这个消息之后的第一时间召开了会议，"米凯，你再说说你了解到的情况。"

"他们的望远镜虽然空间分辨率很高，但是受到天狼星A的强光干扰，无法直接看到天狼星c的图像，不过在那个位置上，他们根据探测器阵列上的那几个像素，可以处理光谱数据。根据光谱数据分析，天狼星c的大气成分与地球的类似，且氧气含量与地球相似，他们还推测其上可能有水。"米凯顿了一下，接着说，"但是我问他们这些观测数据有没有规律性，是不是时断时续的，他们的回答是'没有'。他们每天晚上观测获得的数据都是一样的，已经十几天了，说明大气成分很稳定。"

"可见从那里发射出的信息不是宽谱段的,只有最高端的高能 X 射线到伽马射线,以及最低端的低频电磁波。欧洲南方天文台观测到的只是辐射谱,并不是主动发射。"王志宇补充说。

林一这时似乎想到了什么,说:"M 国 6.5 米孔径太空望远镜的观测数据中,天狼星 c 具有 38.3 小时的自转周期是根据其亮度变化得到的。但是自转周期,也就是昼夜变化和大气成分,没有什么明显的关系,从而对光谱数据也没什么明显的影响。"林一说。

"是的,光谱数据分析也表明它不是什么辐射源的光谱,而是大气自然反射光谱,来自天狼星 A 的反射光谱。"米凯同意林一的观点。

会场里鸦雀无声。不经过翻译器已经能听懂中文的米凯,在斯威夫耳边说着什么,看来是在给他做翻译。

"那 X 射线是怎么来的呢?行星上没有核聚变,不会自然地产生如此强的辐射,因此,我觉得可能是人为的,不是我们这里的人,是那里的人,在向我们发信息!"王志宇脱口而出的是他这段时间以来一直在思考的问题。

"什么?外星人!在向我们发信息?"好几个人异口同声地惊呼起来。他们一直相信林一说的,认为是存在什么我们未知的自然物理机制在辐射宽谱的电磁波,都没有向外星人那个方向去想。

"是的,我们不能不思考这个奇怪的辐射机理,也不能排除存在地外智慧生命,甚至是比我们的科技更先进的智慧生命的可能性。"林一虽然嘴上这么说着,但心里实在不想向外星人那个方向去想。他虽然始终笃信宇宙中存在类地行星,但在真正要面对地外智慧生命的时候,他开始犹豫了。

这时斯威夫发言了,他用英文讲,之后吴波将他的话翻译成中文给大家又说了一遍,他说:"我一直认为甚低频电磁波不可能来自地外,因为它在宇宙中衰减得太快了;也不可能聚焦到一个方向上传播,因为那将需要巨大的天体尺度,甚至太阳系尺度的天线。因此,我一直坚定地认为,我们接收到的信号来自地球。但是自从看到我们的 6.5 米孔径太空望远镜发现有一颗系外行星,也就是你们的 4 米孔径精密天体测量望远镜发现的天狼星 c,具有 38.3 小时的自转周期,和我们收到的干扰噪声的周期一致时,我有点儿改变我的认知了。怎么会有这么巧的巧合呢?我一直在思考,是什么机理使得甚低频波能够传播得如此之远呢?我们做了很多讨论,和你们的团队、和吴波的团队,仍然百思不得其解。直到我们又看到了中国的 X 射线太空望远镜的数据,那些高能 X 射线和伽马射线的辐射也是 38.3 小时的周期，我们在思考另一种机理，那就是高能粒子辐射和地球磁场的关系。"吴波一口气把斯威夫的发言翻译完，然后开始了自己的发言，"在斯威夫教授到来之前，我们做了很多辐射带的主动干预实验，发现辐射带粒子可以被我们注入的甚低频电磁波所激励并运动起来。我们反过来想，假如辐射带粒子自己有规律性地定向运动，也可以感应出地球磁场的变化，产生甚低频的电磁波，就像我们的主动实验一样，也是可能的。恰好此时我们收到了 X 射线太空望远镜发布的观测结果。我们就有了一个想法，那就是，如果天狼星 c 上有智慧生命，如果它们的科技比我们发达，它们也能够找到距离他们仅有 8.6 光年远的那个恒星系，也就是我们的太阳系中有一颗宜居行星。它们的科技也先进到可以控制并定向发射极高能的光子，并能把发射装置指向它们认为可能有生命的我们的地球，然后向我们发出信息。"吴波的发言，实际上代表了他们团组的意见，特别是在斯威夫加入讨论后的意见。

"刚刚你们不是说，电磁波在宇宙中传不了多远就衰减没了吗？"一个研究生问道。

"是的，如果向宇宙中发射甚低频波，是没有办法将它聚束到一个定向的方向上的，就像斯威夫教授讲的，那将需要天体尺度的天线孔径，因为波长太长了。"吴波解释。

"但如果是在 X 射线和伽马射线波段，就可以做到定向发射。"林一帮助吴波做了补充，"你是不是这个意思？"

"是的。"吴波肯定地回答。

"这样我们就理解了，来自天狼星 c 的电磁波并不是全谱段的，而仅仅是 X 射线和伽马射线谱段，所以在可见光和红外谱段接收不到。这就解释了为什么欧南台 40 米极大孔径望远镜没有接收到周期性的脉冲，仅仅看到了大气中的光谱；而我们的甚低频天线接收到的，仅仅是 X 射线和伽马射线粒子激发的辐射带粒子震荡引起的磁场变化和甚低频辐射响应，并不是天狼星 c 直接发出的甚低频电磁波。"王志宇像是在自言自语，也像是在给大家作解释。他好像也开始明白了。

"这似乎也解释了，为什么 X 射线太空望远镜接收到的是时有时无的信号。这也许是因为，经过遥远的 8.6 光年的距离，他们发出的光子束，也就是高能的 X 射线和伽马射线，部分受到了行星际中的其他粒子的碰撞产生了偏移，在它们到达地球时是散布在整个地球空间，甚至超出地球空间的范围的。因此，一颗围绕近地轨道运行的卫星能够接收到的，仅仅是极少部分光子，也就不可避免的是断断续续的了。"

林一也在向这个方向解释。

"为什么我们的甚低频天线接收到的信号相对比较完整呢？那也许是因为我们地球的辐射带很大，如果对方发来的高能光子是一个光子束，它对辐射带的影响恰好是全面的。辐射带就像一个超大型的接收天线，它接收到以后的响应就是会引起地球磁力线的扰动，并发射出甚低频电磁波。"吴波接着林一刚才说的，进一步解释。

"顺便向大家报告，我们用明码发出了对那个奇怪信号的警告，让他们向国际电联注册频率，但并没有收到任何效果。那个以 38.3 小时为周期的信号一直存在。这也说明，那个信号不是来自地球上的某个用户。"吴波向大家报告道。

这时斯威夫教授再次发言了，他的意思是，吴波的分析还是概念性质的。他们还需要从理论上更仔细地分析，外来高能光子束是否能引起地球磁力线的扰动，如果能，那又是如何激发地球磁力线扰动的。

吴波在翻译完斯威夫的发言后接着表示："我们需要开展进一步的理论工作，在那之后，我们才能定量地说明，外星人是如何拨动我们地球磁力线'天琴'的'琴弦'的。"

"好的，请你们做进一步的分析。此外，如果我们沿着这个方向进行，似乎还需要其他的证据。比如那个假定的 X 射线到伽马射线的光子束，除了激励出辐射带的共振，还能对电离层甚至大气的环境产生影响吗？"林一突然想到了严景的射电望远镜和同样在稻城的高海拔宇宙线观测站。他想问下他们那里有没有什么相关的信息。

（二）

晚上在香格里拉镇上的烧烤摊上，王志宇、刘萍萍和米凯，再加上韩旭，4 个人在一起吃饭。下午的会开完后，他们都觉得"言犹未尽"，就相约晚上继续讨论。一边吃着美味的烧烤，一边讨论着大家都放不下的热点话题，实在是让人愉快。

这个烧烤摊就是林一第一次来这里和严景讨论建设高塔的那个烧烤摊。老板是四川人，由于太空探针团队的人经常来，他早已把他们当作常客并常常给他们特别的优惠，搞得大家把这里当作了编外食堂。

4 人这次选择坐在室内一个老板给他们特别留出的相对安静的角落。刚坐下，王志宇就开口了："这个天狼星 c 真是一个奇遇，我们差点儿错过它。还好，终于锁定了对的方向，没想到看到这么多稀奇的事儿。"

"它还离我们那么近，真是令人向往。这个也说明找对了方向多么重要！"刘萍萍也跟着说。

"你们真的相信，那里有智慧生命吗？"米凯接着说。他最近都成刘萍萍的跟班儿了。她走到哪里，米凯就跟到哪里，几乎快成为林一那个组里的人了。

"我相信。但是这个给我们的冲击真的比较大，我想我们还没有做好接受它们的思想准备。它们的科技、文明发展到什么程度了？为什么那么积极地和我们联系？"王志宇说。

"我还是保持着怀疑的态度。当吴波和斯威夫讨论的时候，我觉得有点儿牵强，主要是因为，那个科技发达的社会，如何能判断出我们有这么先进的天线，可以接收到它们的信号，我不相信。如果我们没有这个天线，它们不就是徒劳地在发信息吗？何苦呢？"米凯一边说，一边开始吃着老板送来的第一批烤串儿。但他首先递给了刘萍萍一根。

"但是，你们既然能够想到用低频电磁波调制粒子的运动，为什么它们不能想到用调制粒子运动的方式，给我们发射低频电磁波呢？"刘萍萍接过烤串，看着米凯反问道。

"这也太稀奇了吧，不直接发射信息，而是用间接的方式发送信息，万一我们还没有这么大的天线呢？"米凯还是继续质疑。

"我也有疑问，就是它们是如何做到距离那么远，还能把光子束聚焦到地球这个比'芝麻粒儿'还小的目标上的呢？"韩旭从技术能力上表示了怀疑，"还有，就是它们发射光子，需要走8.6年，我们的地球在围着太阳转，太阳在围着银河系中心转，它们需要预测到8.6年后，地球的具体位置，然后让那个光子束按这个提前量向地球发送。"韩旭是技术专家，想得更复杂、更细致一些。

"我觉得问题首先是，到底什么是最佳的跨星际的通信方式？你们说说看。"王志宇抛出问题。

"无线电肯定不行，我不相信有什么办法能够让无线电传播那么远。"米凯马上回答道。他更熟悉电波的传播方式。

"激光也不行。它也是电磁波，只不过频率单一而已，也会随距离以平方分之一的幂律衰减。"刘萍萍也同意米凯的观点。

"那不就是粒子了吗？光子不带电，不受星际磁场的扰动，可以直线传播，不衰减；而光子需要达到X射线的能量，才能由电磁波转化为粒子，摆脱平方分之一幂律的衰减规律。至于它们如何计算出提前量,瞄准我们地球,我想既然我们都能想到这些,它们也一定能想到的。"王志宇给出了他下午就一直想说出的答案。

"也是啊,如果摆脱了平方分之一的幂律衰减规律,那在星际间长距离传播就不存在问题了。也许这就是比我们科技更加先进的外星人早就知道的道理啊!"刘萍萍也同意了。

"你们说什么外星人,真有外星人吗?"老板送来了第二批烤串儿,听到他们在说外星人,就加入了进来。

"没有,没有,我们在讨论一部科幻电影呢!"王志宇急忙掩饰说。探针团队内部的规定要求大家对这个还没有定论的发现,或叫研究方向,暂不对媒体和外界宣传。既怕如果判读有误,导致科学上的误解;也怕如果结果是真的,还没有想到应对办法就引起社会上的恐慌。

"哦,我最近也看了一部科幻片,里面的外星人被我们地球人打败了。那些外星人都是绿色的小人儿……"老板兴奋地和大家分享了几句他的观影体验,看得出他也是外星人主题科幻作品的粉丝。说完他就又去忙了。

"我明白了,也许用高能 X 射线和伽马射线是星际通信的唯一技术手段。因此,它们,如果它们真的存在的话,不用考虑我们这里能不能收到，或怎么才能收到，它们都会用这种方式发送信息。同时设想它们的技术能力已经可以计算出地球在8.6年后的具体位置，并向着那个方向发出光子束，那一切都说得通了。"米凯终于理顺了这个逻辑。

"要从那里瞄准地球这个方向，可真是太精确了，实在让人难以想象。但我确实不得不赞同，用高能X射线甚至伽马射线就可以摆脱平方分之一的幂律衰减。"韩旭想到这里，也佩服地说。

"但是，即使是X光，发射时也需要一个掠射式的望远镜；要想把光子发射到一个特定的方向上去，这个望远镜的孔径就需要特别大。但是和任何电磁波段的望远镜孔径相比，在同样发散角的要求下，伽马光的望远镜物理孔径应该是最小的。"韩旭越想越觉得那个智慧生命太聪明了！它们把技术原理吃得如此之透，实在令人类佩服。

"对啊，这就是我们人类的差距，我们还没有认识到这些道理，也没有研制和制造出专门发射X射线光的大孔径望远镜，甚至都没有想到要去研制和制造能接收高能光子的设备，来接收来自地外智慧生命的信息。我们的太空探针能够接收到它们的信号，仅仅是一个偶然，我们收到了那些光子引起的地球物理响应。"王志宇和韩旭一样，用佩服得五体投地的口气说道。

"好吧,我们一起祝贺一下我们的偶然吧!"米凯举起了啤酒杯,王志宇和韩旭赶紧举起啤酒杯响应,刘萍萍则举起零糖可乐开心地加入。笑容在四张年轻且充满活力的脸上绽放。

(三)

严景在接到林一的电话后,认为这个地外智慧生命的想法有点儿过了。他明确答复他们没有观察到任何奇怪的信号。

对此,林一有所坚持。他认为那个高能光子束如果能影响辐射带,就应该能影响电离层。他放下电话后,与王志宇和刘萍萍商量,如何能够说服严景,让他也参与观测,一起寻找这个"38.3小时"的、有规律的异常。

"我们的地球在自传,电离层也跟着在自转,严景他们的射电望远镜虽然空间分辨率和时间分辨率都很高,但是他们只能观测到稻城上空的电离层,这个与辐射带激发的甚低频电磁波在全球范围内传播不同。是不是我们把时间算好,在那束光直接照射到稻城上空电离层的时候,再请严景他们观测。"王志宇经过思考，对林一建议道。

"是的，如果那个光束到达地球的时候，没有照到我们这里上空的电离层，也就是说如果我们正好背对着来光的方向，严景的望远镜就看不到什么特殊的现象。"刘萍萍也明白了师兄的意思。

林一完全同意他们两人的意见。他让他们根据天狼星可见时间和每 38.3 小时那个光束出现的时间，计算出稻城正好符合这两个条件的机会时间，并将之后两个月中的所有机会时间都发给严景，请他务必在这些机会时间内，对稻城上空的电离层做成像观测。

（四）

没有用多长时间，吴波和斯威夫的理论分析结果出来了。他们认为，来自外部的极高能 X 射线辐射，只要强度和调制方式合适，确实可以激发出辐射带中粒子的共振。如果辐射带粒子有规律性地共振，就一定能够对地球磁场进行微弱的调制，并发射出甚低频电磁波。也就是说外来的高能光子束确实可以拨动地球磁场"天琴"的"琴弦"。但是，这是反推的结果。如果外来的高能光子束的能量和调整频率没有达到辐射带需要的共振需求，就不会产生出相应的甚低频电磁波。简言之就是外来的高能光子束是拨动"天琴琴弦"的必要条件，但还不是充分条件。

这边严景虽说并不相信什么外星文明，但他还是根据林一他们提供的时间窗口，调开了几个本来用来观测其他天体的任务，布置了对天狼星的观测。那一天，太阳刚刚落山不久，他们就将望远镜对准了刚刚升起的天狼星。

这个望远镜采用的是圆环阵列干涉成像的方法，兼顾了高时间分辨率和高空间分辨率两个特点。这是因为太阳爆发的持续时间较长，如果时间分辨率不够，就不能看清爆发的全过程。如果空间分辨率不高，就看不清爆发的源头在哪里，以及太阳喷出的物质如何扩散和向哪个方向传播。

他们将望远镜 313 部天线的方向对准了天狼星，并让它们随着地球的转动，一直跟踪着天狼星的方向。但是，他们什么都没有看到。他随即打电话给林一抱怨说："你说我们会收到什么奇怪的信号，我可是什么也没有看到啊！"

"别急，今天会有的，按照之前的规律，每 38.3 小时或 38.3 小时的倍数出现一次，最近的就应该是两小时以后，你们一定等到那个时候，不要放弃。"林一在电话另一头说。

"好吧，我之前请你给我做参谋，看看我们夜天文能做些什么？原来还可以看外星人的信号啊！"严景调侃地说道。

"你难道就不想知道点儿外星人的事儿吗？你不觉得这个很重要吗？"林一笑着反问道。

"我主要是不相信它们存在，而且即使存在，它们应该也无法联系到我们，因为太远啦！"严景的观点同很多科学家都一样，他们相信外星人的存在，或者说不能否认它们的存在，但是他们不相信外星人能够联系到我们，当然认为我们也无法联系到它们。突然，严景好像明白了什么，对林一说："哦，原来你找离我们最近的系外行星，就是为了要主动联系它们吗？"

"不是，那也许是后面的工作，但目前我只是想在发现了它后，观测它、研究它，看看它的大气是什么成分和通过大气研究来发现那里有没有生命。但是如果我不知道它们在哪个方向、在哪里，宇宙那么大，我就不知道向哪个方向观测，更不知道要观测谁、研究谁。"林一解释说。

"不过这些你现在差不多都做到了，还可能收到了来自那里的信号。但你真的想和它们联系吗？"严景问。

"确实，我们现在知道那里有一颗类地行星，而且距离我们只有 8.6 光年远，如果它们真的在那里，你想不想和它们取得联系呢？"林一再次反问。

"怎么联系？发送无线电波，或者激光？"严景问，"即使是激光，别说到天狼星，还没出太阳系就已经衰减到几乎没有了。"

"这个我同意，但是我们推测的是，它们在用高能的 X 射线或伽马射线传递信息。"林一说出了自己的想法，这也是他们团队讨论的结果。

"确实，高能宇宙射线可以传很远。我们的'邻居'，高海拔宇宙线观测站，之前就收到过几亿光年远的天体发出的高能宇宙射线。但那个'源'是超新星的爆发，人类根本制造不出那么高的能量来。"严景知道林一肯定也明白这个道理。

"是的，我们也许无法制造出那个能量来，但是也不能否认那里的智慧生命比我们的科技要更发达，万一——"林一还未说完，就看到吴波的学生闯进了他的办公室。

"林老师，我们的天线又收到那个电波啦。"学生急匆匆地说。

林一手里还拿着电话，就赶紧对电话里的严景说："不聊了，你赶紧看一看你们的数据，看看有什么变化没有。"说完，林一挂了电话。

（五）

严景放下电话，来到二层的观测控制台前。值班人员正惊讶地看着屏幕"发呆"，那里有一片一片的白斑，时而变亮时而变暗，反反复复地闪烁着。

严景赶紧俯下身，对着屏幕查看辐射亮温的数值。显然，数值超出了他对闪烁噪声的预期，这不是一般的电离层不规则体，这要强得多。闪烁持续了几分钟，然后消失了。

严景马上从旁边计算机里的数据记录中调出了刚刚的观测图像，进行回放。那些闪烁的白斑确实很强，似乎有一定的规律。先闪三下，再闪一下，又闪了四下，然后又闪了好几下，断断续续地闪了几分钟。白斑有时只占有屏幕的一部分，有时是全部屏幕，也就是占据了整个视场。严景又回到了观测控制台前，屏幕上一片噪声，白斑没有再出现。他又询问了观测员，刚刚那个闪烁是不是没有再出现。他得到了肯定的回答。

严景随即给林一拨通了电话。

"我这里确实看到了奇怪的现象，整个电离层都有闪烁，一闪一闪的，持续了几分钟。"严景困惑地向林一报告。

"是吗？持续了几分钟吗？和我们这里收到的甚低频电磁波一样，也是持续了几分钟。太好了，这说明我们收到了同样的，来自那里的信号。"林一很是激动。

"这是什么信号呢？闪烁发信号？"严景还在困惑中，"不对，这是不是像我们从前用手电筒的开关发信号，或者在海上用信号灯发信号那样啊！"严景一下子好像明白了，他紧接着说，"你等下，我把闪烁的幅度转换成一维的强度信号看看。"

严景放下电话，马上回到计算机前，将图像数据处理了一下，屏幕上就出现了沿一条横着的时间轴展开的脉冲信号图。三个脉冲，一个脉冲，四个脉冲，很多个连续脉冲……他马上把这个图像截屏，发给了林一。

在太空探针这边，林一他们对严景发过来的这幅图再熟悉不过了，因为这就是他们用甚低频电磁波收到的编码图，好长一段时间了，一直都是这张图，每38.3小时或其倍数出现一次。显然，严景看到的电离层闪烁一定和他们收到的甚低频电磁波脉冲来自同一个源头。

在圆环射电望远镜这边，严景正对着这幅图发呆。刚刚林一告诉了他，这个图和他们一直以来收到的信号是完全一样的。那就是说这一定是来自同一个源,而不是随机的。那这是谁发出的呢?严景开始怀疑自己关于与地外智慧生命无法建立联系的保守观点了。难道真的有什么办法,可以实现跨越星际的通信吗?

(六)

"是的,这就是我们的发现。它们用一种先进的技术,产生出极高能量的光子,达到了硬 X 射线甚至伽马射线的能量段,并将其聚束,瞄准它们认为可能有智慧生命的太阳系中的地球。"林一在之后一个有很多人参加的内部讨论会上,回答了严景内心的疑问。他接着说,"光子不带电,因此可以不受星际磁场的影响,不改变方向,不受平方分之一的幂律衰减规律的影响,准确地到达它们指向的那个目标。当然,这些高能光子,也无法超过光速,需要行走漫长的 8.6 年,它们甚至预测了 8.6 年后地球的具体位置。"

"目前人类能够产生的最高能量的光子是 X 射线能段,如果提升到伽马射线能段,加速器的直径将增加很多,也许需要数百千米啊!"一位来自高能物理所的研究人员发出了感慨。他们曾提出要建设一个直径 100 千米的加速器,但是没有通过国家层面的评审，认为其科学目标还需要进一步凝练。

"按照我们人类目前的技术和经济能力，建设数百千米直径的加速器确实很困难，但也不是不可能，也就是说不存在科学和技术上的不可能。所以我们应该相信比我们科技更先进、经济更加发达的地外智慧生命，是可以产生出那么高能量的伽马射线的。"王志宇笃信外星人的存在，他积极地参与讨论。

"它们也许并不知道我们用什么方式来接收，但是我们无意中通过太空探针天线收到了它们的信息，现在又通过电离层闪烁收到了。这既是偶然，也是必然，太令我们兴奋了。"刘萍萍也加入了讨论。

严景看着刘萍萍，不赞同地说："我们如果没有建设高分辨率的射电望远镜，也没有你们给我们算好了的时间表，我们也看不到那些闪烁，它们能算得那么准吗？它们如何知道我们有这个望远镜，如何知道我们会在什么时间等着接收它们的信号？那个智慧生命再发达，也不可能算得这么准！这有什么必然？"

"我同意这个观点，这里有很多很多巧合。设想一个智慧的生命，无休止地向一个未知的世界发信号，为了什么？

为什么要急于和那里取得联系？是想求助吗？"另一位参会人员支持严景的观点。

"这里涉及星际通信的难度，它们也许意识到我们能够接收到它们信号的概率并不高，所以只能连续不断地发。这并不代表它们可能需要我们的帮助。"林一觉得这样解释，大家或许更容易接受。

他接着说，"但是，我们首先需要确认，科学和技术上，有没有这个可能，把高能的光子发送到这么远的地方。"

"这个是可能的，我们高海拔宇宙线观测站，就是为了接收高能宇宙线而建设的。我们收到的高能宇宙线，其中伽马射线的源头都非常遥远，千万光年，甚至来自银河系以外，数亿光年。它们不受星际磁场的干扰，如不经过黑洞或极强的引力场，甚至不会发生偏转，可保持原有能量不变。"同样来自稻城，太空探针和圆环太阳射电望远镜的邻居，高海拔宇宙线观测站的研究人员，对林一的说法给予了确认。由于高海拔宇宙线的探测是间接的探测，探测的是高能宇宙线进入大气层经过碰撞散射后的大量的次级粒子，因此，他们接到林一的联合观测邀请后，虽也做了观测，但是无法分辨出来自天狼星的那些编码信息。

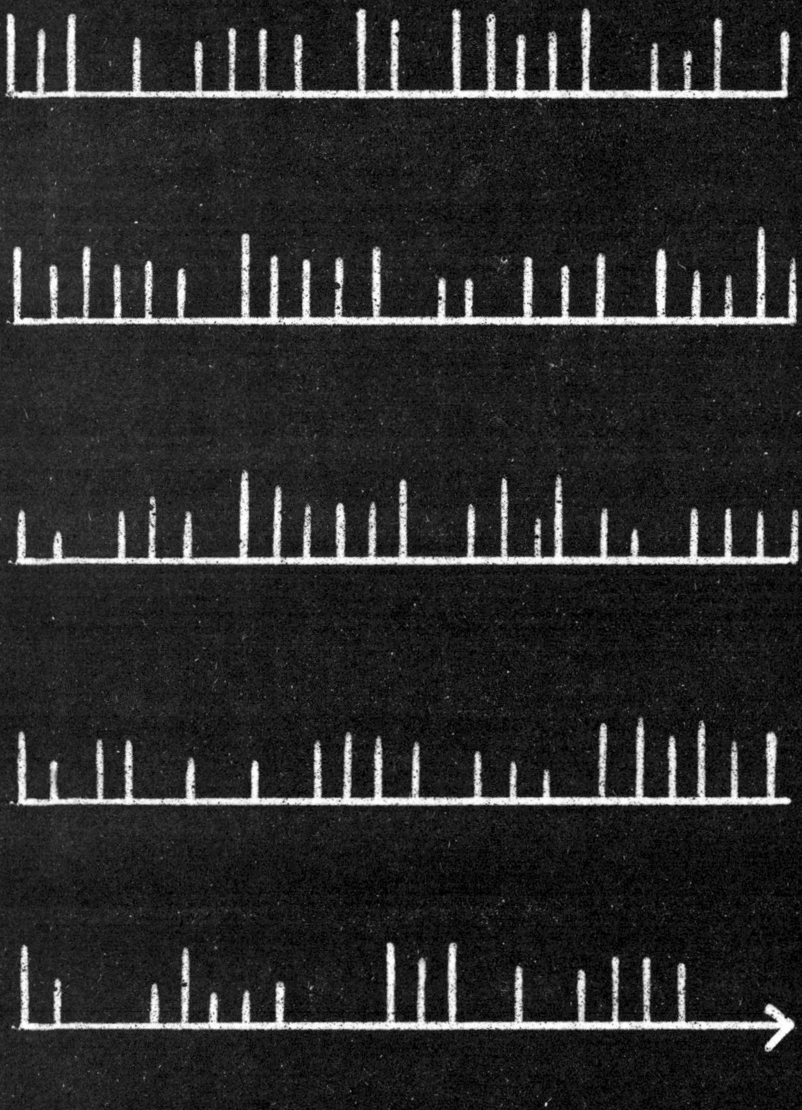

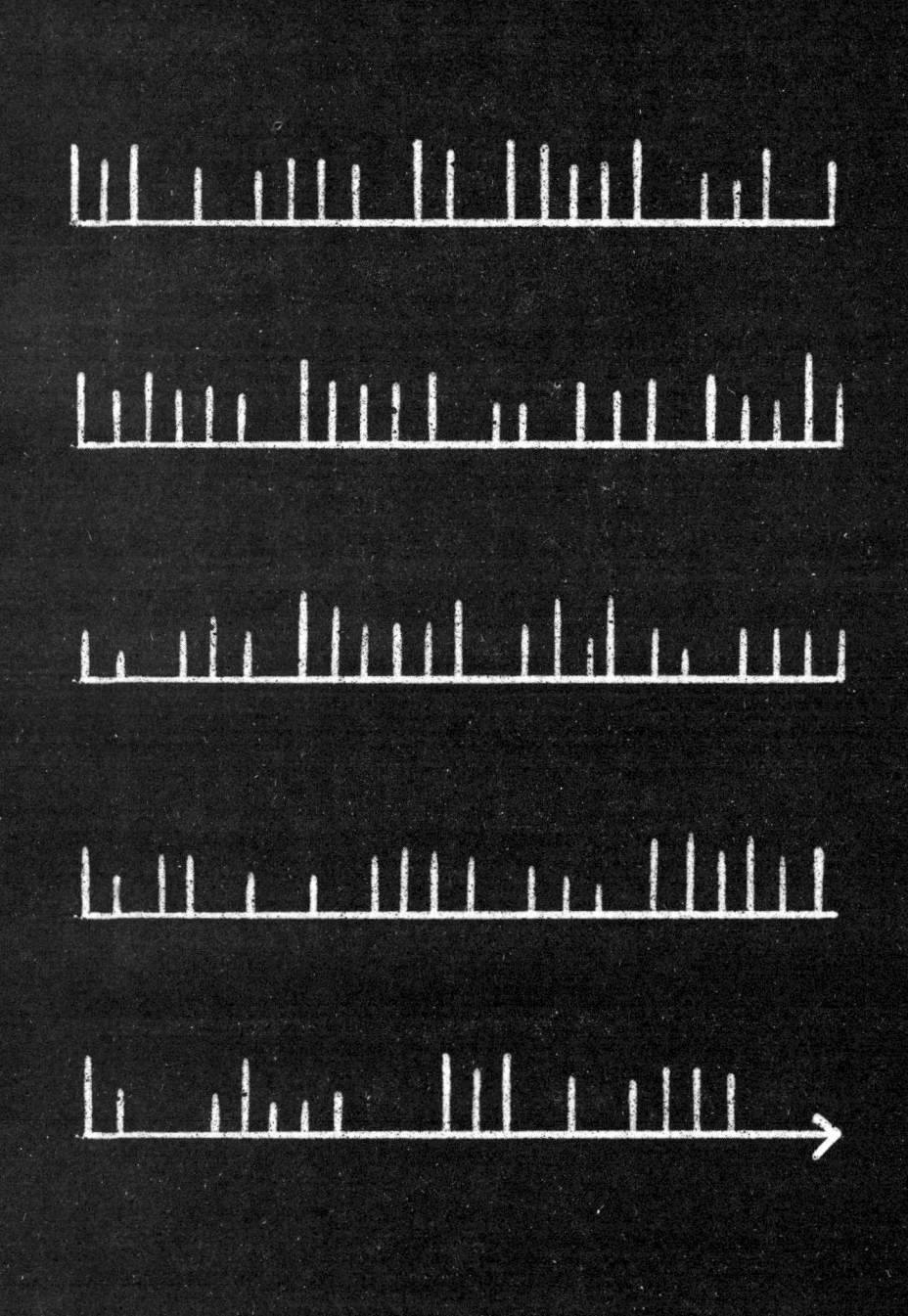

"除了把电磁波变为光子,还需要把光子聚束发射到特定的方向。但是无论需要多大的掠射式的望远镜,其孔径与其他电磁波段比较,都是最小的。它们认识到了这一点,同时也许真的可以做到。"韩旭在那次烧烤摊的讨论之后,也一直在思考这个可能性。

"那好,既然大家认可有这种可能,那么我们就应该相信,从天狼星方向发射来的高能光子束有可能是人为的,或称为是某个智慧生命所为更准确。我们下一步需要做的,就是把编码交给能够解译这些编码的人,看看它们在对我们说些什么。"林一最后对会议做出了总结。

第十一章
不要回答

（一）

在全球天文界的共同努力下，天狼星 c 的观测数据越来越清晰了。它位于天狼星双星系统 A 星和 B 星绕行轨道上的拉格朗日 L4 点上，因为 A 星的质量更大，所以该引力平衡点更靠近 B 星。A 星为主序星中温度较高的蓝矮星，B 星为接近恒星寿命终期的白矮星，温度高但亮度很低。天狼星 c 直径是地球的 1.15 倍；伴随着 A 星和 B 星的相互旋转，围绕着该拉格朗日点的晕轨道的旋转周期为 85.5 天，自转周期为 38.3 小时；大气中以氮气、氧气为主，与地球类似，大气中少量的甲烷成分，表明该行星表面可能有生命活动。由于其黑夜短暂，有两个不同"太阳"带来的漫长的白天，其表面温度变化不大，甚至就是一颗常年处于室温的、极为宜居的行星。

自发现它开始，从地球就可以观测到来自天狼星 c 的硬 X 射线和伽马射线辐射。这些直接指向地球的辐射具有编码特征，但是只能通过其对磁场的调制，在甚低频电磁波段较为完整地接收到。此外，还可以在恰当的时间点，通过高分辨率的电离层成像，看到电离层中的具有编码性质的闪烁。其包含的信息编码内容与甚低频电磁波收到的一致。而太空中的 X 射线望远镜只能接收到极少部分零散的 X 射线和伽马射线，无法分析其发向地球的完整信息。高海拔宇宙线观测站，在同样的时间点，也收到了相应的宇宙射线辐射，但是由于大气中的次级效应有些延迟，似乎编码出现混淆；通过方向判断，也可判断射线来自天狼星方向，但是有时会和其他来自那个方向的宇宙射线相混淆，所以无法做出准确的判断。

从甚低频电磁波和电离层闪烁的信息来看，这些信息具有重复性，内容最长达数分钟。由于其每隔 38.3 小时发送一次，可以判断其是在天狼星 c 上某个固定的位置，每天向地球发送一次。说明这个发射 X 射线和伽马射线的大功率发射装置处于其表面上某一处，每当其能够对地球瞄准时，才会发射。可以初步判断，这不是天然因素造成的，而是科技高度发达的智慧生命所为。

从其信息的编码来看，还是属于最简单的开关式的编码，但不是用点和线形式的莫尔斯电码，而是用脉冲间隔来调制。这可能也是高能光子通信最好和最可靠的方式，为了确保该信号能够被对方收到，甚至诱发对方的星球物理响应，比如磁场或电离层，编码的码宽很宽，所以信息率很低。

为了对这个编码进行解译，科学院组织了多个研究所的人员进行分析。经过反复研究和讨论，得出了以下结论：

为了使对方听得懂，编码完全不用考虑加密的问题，所以应该是最直接了当的编码逻辑。

既然是主动联系，就应该是善意的，而不是威胁性质的。

作为初步联系，而且是善意的，就应该是问候性质的。

也许包含一些宇宙中普适的科技内容，比如数学和物理的定律等。就像人类在20世纪70年代发往太阳系之外的旅行者号飞船上携带的唱片中所带的内容那样。

如果有最为紧迫的求救需求，也许在信号中包含着和求救相关的内容。

在上面分析和判断的指导下，在各方的急切盼望下，破译团队经过连续数月的工作，终于给出了一个答案——来自天狼星c的信息是：

"314，×××向你们问候，请回答，314。"

科学院组织的综合研究团队认为，显然314代表圆周率，这个是整个宇宙普适的数学常数，由于编码方式能够携带的信息内容有限，只保留了小数点后两位。×××是无法破译的代码，可能是它们对自己星球的自称。

除此之外，研究团队还认为，星际通信的唯一方式可能就是向对方发送高能光子束；而接收方式，目前看有两个，一个是接收其诱发的地球磁场甚低频波动，另一个是观测其诱发的电离层闪烁。这两个方式都需要用到特殊的科学设备，如与太空探针类似的巨大的甚低频天线和高时空分辨率的电离层成像仪。目前地球上的科技水平也仅仅是刚刚达到能够偶然地接收到这个星际信号的层级，但还不具备发射高能X射线和伽马射线光束的能力。

（二）

在当年举行的国际天文学联合会三年一次的大会上，关于天狼星c的讨论几乎无处不在。各国的大孔径天文望远镜，都得到了不同程度的相同的观测信息。在天狼星A和

B绕行轨道的拉格朗日点上，确实存在一颗行星，其自旋周期为38.3小时，没有公转。由于天狼星A和B相互围绕旋转，50年旋转一周，其拉格朗日点上的天狼星c则需要跟随它们在一个晕轨道运行，每85.5天围绕那个拉格朗日点旋转一圈。

其实大家最为关心的还是那里的智慧生命，或称天狼星c人。根据太空探针发布的能接收到38.3小时为周期的编码信息的时间，国际上一些电离层观测站，也探测到了类似的闪烁，虽然有些支离破碎，但从时间点的配合上，也都证明了那是重复出现的、非自然的信息。最完整的信息，还是来自太空探针的甚低频天线和圆环阵列射电望远镜，以及中国科学院从这些编码中解译出的信息。

"314，×××向你们问候，请回答，314。"

会议为天狼星c开辟了几个分会场。一个分会场专门讨论了星际通信问题。与会者普遍同意天狼星c人确实意识到光子是最佳的星际通信方式。它们也许同我们一样，开始是试图用无线电、微波来接收地外文明的信息，但最终是一无所获。之后他们意识到只有光子能够摆脱随距离平方分之一幂律衰减的道理，于是选择了X射线，甚至能量更高的伽马射线。然而，由于光子的能量太高，任何透镜都将无法折射光子，形成汇聚效果，就只好选择掠射式的望远镜。也就是把一个个直径不同的，有光滑镀金属抛物面的玻璃筒，从小到大套起来，入射光子在镜筒表面以非常小的入射角掠射到镜筒底部焦平面上的探测器上，或者从焦点那里把出射光子通过镜筒的掠射，发射到望远镜指向的方向上。这也是人类目前采用的技术，但人类设施的能量还不能达到伽马射线的频段。天狼星c人能够将如此高能量的光子准确、不产生显著扩散地发射到地球来，说明它们的技术能力要远远高于我们人类。

另一个有意思的分会场，通过天狼星c的天象，讨论了天狼星c的文明发展。这是因为天狼星c有两个太阳，一个是天狼星A，另一个是天狼星B。虽然天狼星c距离B星更近，但是B星的温度要远远低于A星，它的宜居带更靠近自己。这就使得天狼星c位于两个恒星的宜居带重叠的区域内。在天狼星c上可以看到两个太阳，其温暖程度几乎相当。由于天狼星c的位置并不在两星的连线上，而是在两星互相围绕旋转的椭圆轨道上，因此两星随着天狼星c的自转，在天狼星c上升起的时间并不对称。也就是说，A星还没落下去，B星就会升起来；然后B星落下去后，有一个短暂的黑夜，很快，A 星就又升起来了。这个天象给天狼星 c 人带来了不同于地球人只享用一个太阳能源的文化差别——可能在大多数地球人的潜意识中存在"一个中心"的思想，带来的文化特征就是，凡事都从"一个中心"出发来思考；而天狼星 c 人则是"两个中心"主义，当然"两个中心"中也有一个大，一个小，但是它们可能大多凡事都会从"两个中心"出发来思考，或更倾向于多元化的思考。这对文化发展、文明发展有什么影响呢？与会者都在积极表达着自己的观点。

还有一个分会场，讨论了达尔文进化论的普适性。目前的科学理论，特别是数学和物理，在宇宙中都是普适的。比如 1+1=2，无论在哪个星球上，都是普适的。牛顿力学和爱因斯坦相对论，还有电磁学理论，至少到目前为止，我们能够观测到的宇宙都给予了确认。但是在生命科学领域，达尔文进化论并没有得到地外任何观测数据的证认。在地球以外，生物演化还会依环境条件和竞争发展吗？生命科学家非常希望天文工作者继续加强对天狼星 c 的观测，找到进化论也是宇宙间普适理论的证据。

参加会议的林一、吴波、王志宇，以及刘萍萍都成了公众人物。无论他们走到哪里，在哪个分会场出现，都有人和他们打招呼，甚至会出现掌声。

最后，所有的讨论都集中到了是否要回答来自天狼星 c 的问候的问题上。在大会结束前的国际天文学联合会的执委会上，大家被要求做出一个是否回答的决议。然而，出现了激烈的争论。

同意回复的意见认为，另一个比我们科技更加发达的智慧生命在向我们问候的时候，我们应该表现出应有的善意，回应它们的问候。现在可以断定，它们的科技一定比我们人类发达。至少，它们明白了星际通信的唯一办法是要用高能 X 射线甚至伽马射线。因此，我们需要尽快开始研制发射高能 X 射线和伽马射线的装置，这个过程也是提升我们科技水平的过程。也许，在我们和它们取得进一步的通信后，我们会从它们提供的信息中，获取更多的先进知识，从而提高人类科技甚至社会发展的水平。

不同意回复的意见则认为，正因为对方的科技能力和水平要明显高于我们，如果回复，就有暴露我们自己劣势的风险。一旦它们知道我们的能力不如它们，就会存在两种情况：一种是想方设法毁灭我们，甚至入侵我们地球；另一种是发现我们的科技水平与它们接近，害怕我们的发展超过它们，因此在和我们的通信中不向我们透露任何我们还没有掌握的科技信息，甚至终止和我们的联系。结果是，我们根本无法从它们那里获得更高级的科技信息。

两种意见针锋相对，各不相让。最后国际天文学联合会主席决定投票表决。在 53 个参会的理事会代表中，赞成回复的票数是 27 票，不赞成的票数是 26 票。同意回复的力量以多 1 票的微弱优势取得胜利。

在这样的情况下，主席仍然不敢做出决定，他本人属于坚持不回复那一派的。因此，他决定，将这个议题提交给联合国安理会，由安理会决定是否回复天狼星 c 的问候。他的理由是，这是关系地球人类生存和发展的安全问题，国际天文学联合会是学术组织，不能代表人类做出决定。尽管所有观测都是由科学家获得的，回复的技术也必然要经过科学家的参与才能开发出来，并负责实施。

（三）

很快，安理会就收到了国际天文学联合会的报告。实际上，安理会各成员国，特别是 5 个常任理事国早已在讨论是否回复的问题了。大多数政府都持谨慎态度。此时的人类，还没有解决人类文明可持续发展的问题，文化差异、边界争端，以及不同宗教引起的矛盾，还常常引发冲突甚至战争；而在天狼星c，说不定它们的文明早已经达到可持续发展的程度。考虑对方传递的信息是问候性质的，因此我们暂且初步判断对方对它们以外的文明持有善意。地球人类也许在好奇或求知的驱使下想要和它们交流，需要向它们学习，但是，我们和它们具体能交流什么，又可以请教什么呢？还是先做好自己的事情，想清楚自己的境况吧。

更关键的，我们还有一个主要问题没有解决，就是目前没有任何一个国家具备向天狼星c发射高能X射线和伽马射线的能力。经过科学家的计算，发射能量，对于单个光子而言，需要达到1 TeV，也就是10的12次方电子伏特。更何况，要想确保如此远距离的通信，必须使发射光具有一定的束流直径，并通过一个直径接近1米的掠射式反光的望远镜发射出去。不过，若真要发射，有一点或许以我们现有的技术能够做到，那就是通过全球天文界对天狼星系统的精确观测，我们或许已经可以计算出8.6年后，它们具体的天体位置，特别是天狼星c的位置，因而我们至少可以知道向哪个具体方向发出那束光。但愿那颗行星也有磁层、辐射带和电离层，能够感应到我们发过去的光。

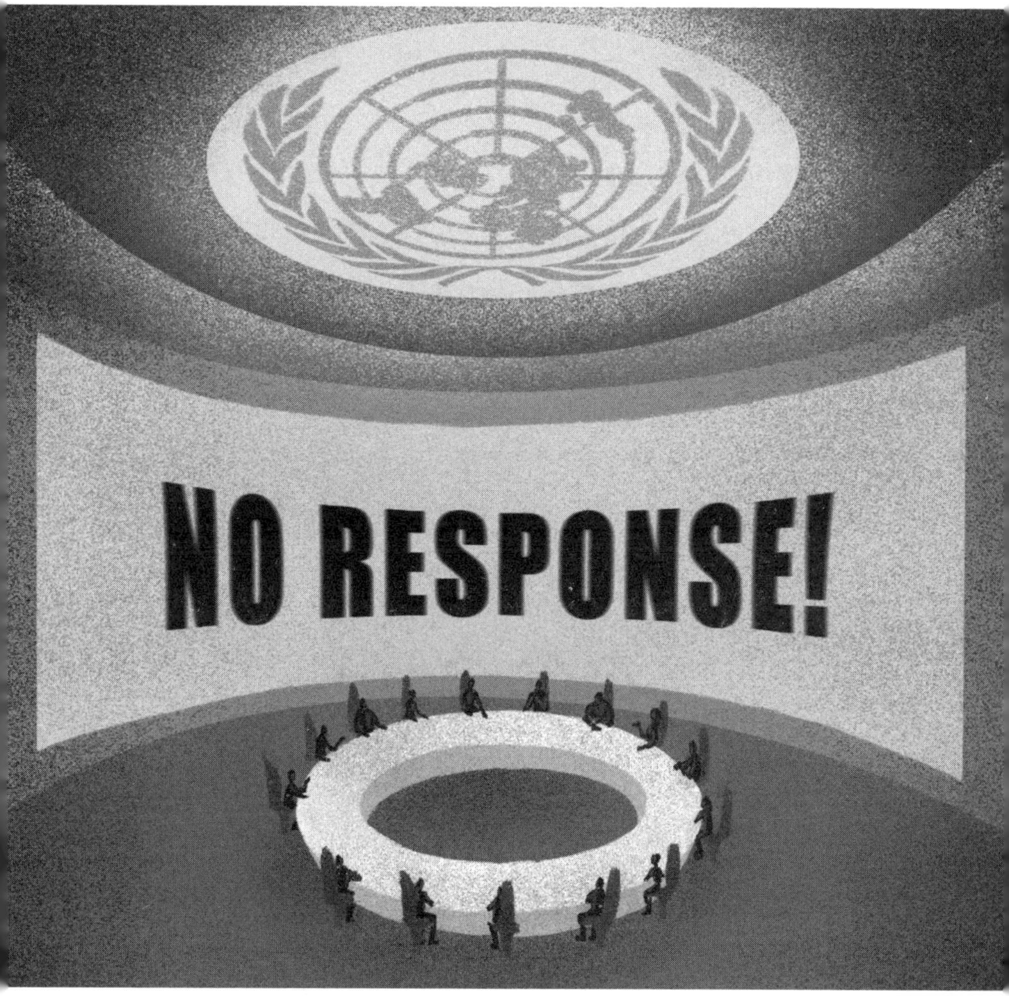
NO RESPONSE!

安理会综合考虑了目前人类的科技发展水平和文明程度，经过讨论最后决定：

"不要回答！"

但是，人类需要尽快发展这一星际通信技术，各成员国应该通力合作，在发射能力上，尽快论证并建设更大的同步辐射光源；在接收能力上，应该尽快把接收高能光子的地外信息作为关注重点，发展各类接收设备，并增加现有设备对这类信号的观测时间，而不是仅仅关注宇宙超新星爆发或黑洞等极端宇宙天体发出的高能宇宙射线。同时建议，中国的太空探针上的精密天体测量望远镜，继续寻找近临的类地行星，范围覆盖到 30 光年。也许在 20 光年、30 光年的范围内，还有类似地球和居住有智慧生命的其他行星呢？我们在宇宙中，也可能并不是特殊和孤独的存在。

（四）

当年的秋天，太空探针大科学装置举行了正式的验收仪式。

验收那天，现场宾客云集，从国家有关部门、科学院到地方政府的工作人员,以及稻城所有大科学装置的负责人,当然还有建设团队的所有人,以及合作单位的领导们。

太空探针下的观测楼彩旗招展。小院子里挤满了来参观和考察的人群。观测楼的会议室里,彭希盈和林一分别做了建设过程和科学观测的汇报。经过专家质疑和讨论,最后的验收结论是:

"15千米高的大科学装置——太空探针,在经历了两年不同气象环境的考验后,功能正常、结构稳定、满足科学需求,创造了世界第一。4米孔径精密天体测量望远镜、甚长波收发天线、毫米波亚毫米波原初引力波望远镜、中层大气激光垂测仪4个主要科学仪器全部取得了预期的科学观测成果。应用项目微重力实验平台、卫星激光通信接收站、生物实验站和大气实时监测系统,以及火星表面宇航服也都通过了实验验证和验收。平流层气球释放计划虽然没有列入建设规划,但可以支持其在后期开展实验。因此,工程建设圆满完成了任务,全部指标符合建议书要求,通过验收!"

太空探针除了圆满完成建设任务,并在基础研究领域取得了重大发现外,还为当地提供了丰富的科普教育资源,拉动了当地的旅游,成为全国乃至全世界的地标性景点之一。

在第二年的春天，为了表彰建设团队在建设人类最高的建筑太空探针上的科技贡献，彭希盈、林一及其团队，获得了国家科学技术进步奖特等奖。

又过了一年，因在发现天狼星c和其对地球的问候信号上做出的开创性工作，林一、吴波和斯威夫3人，共同获得了那个具有150多年历史的，国际著名的科学奖。

尾 声

20年后的2073年，太空探针迎来了一批重要的客人——一个日落时分，在海拔20千米，他们穿着火星宇航服，在欣赏了夕阳下已呈现出明显曲率的金色大气层，以及繁星密布的深蓝色天空之后，正在期待着另一个重要时刻的到来。

距离此处不远，也是在世界屋脊青藏高原上的一个倾斜的山谷里，一个直径300千米的同步辐射光源已经建设完成。它将在今天晚上的某一个时间，向着猎户星座左下方不远处，那颗天空中最亮的恒星的方向，发出一束伽马射线。

在这些重要的客人中间，有联合国的官员，还有已经退休或接近退休的、发现了那里有外星文明的人们。当然，林一、吴波就在其中；还有一对中年夫妇，丈夫的名字叫米凯，妻子的名字叫刘萍萍。

在接待人员的提示下，大家沿着他手指的方向看去。突然，在远处的山谷中，出现了一束倾斜着指向太空的笔直的蓝光。访客中有人发出了惊叹和欢呼的声音。也有人或双手合十，或把手放在胸口，默默地祈祷。

这束光，从这里出发后，要在星际中传播8.6年。在这之后，地球上的人们还将等待同样的时间，也许更长的时间，才能收到回复。如此这样的，需要漫长等待时间的星际通信，将使这里的人类文明和宇宙中另一个社会文明联系在

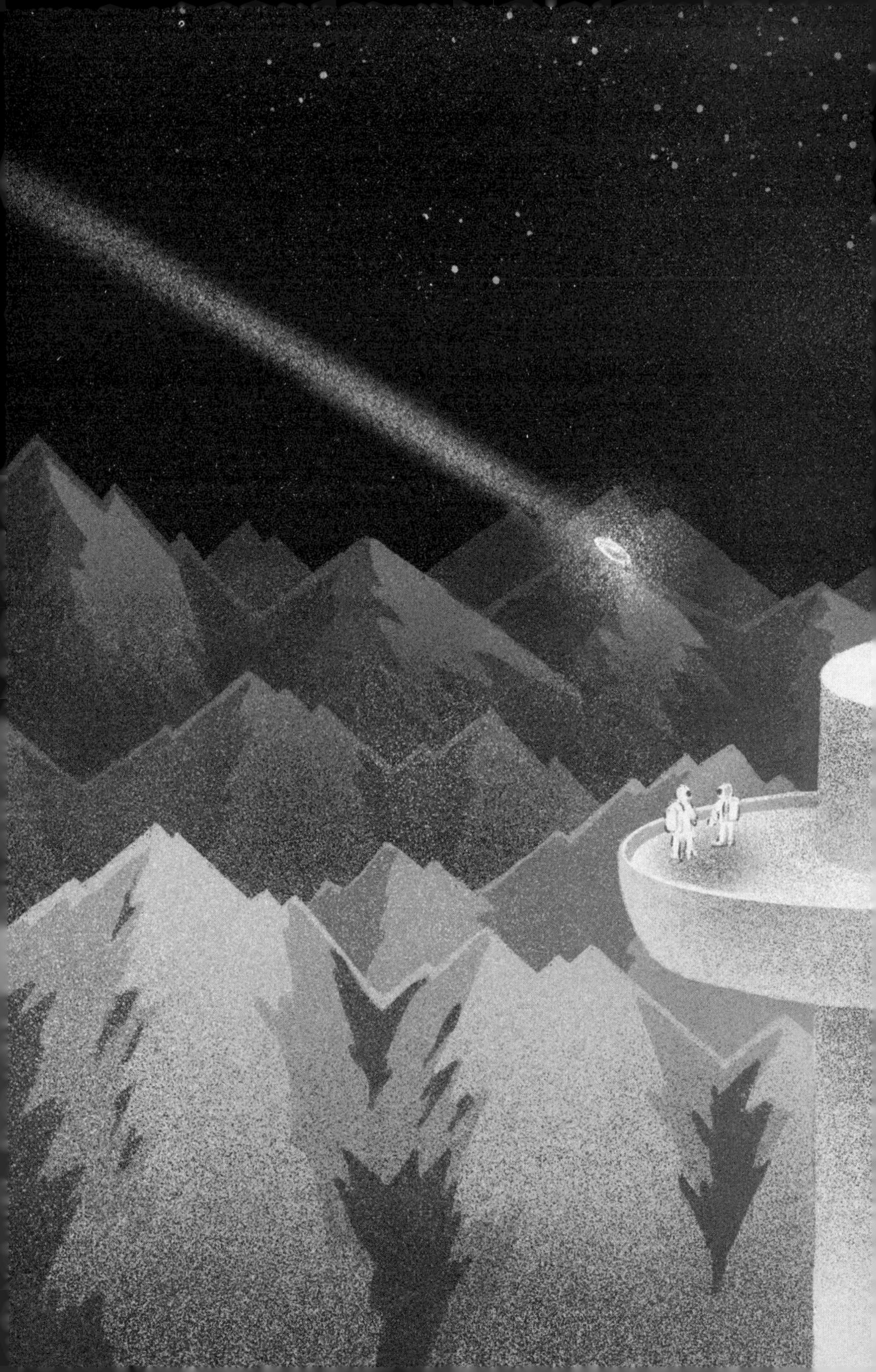

一起。

在那个文明于近 30 年前向地球发来第一声问候之后,人类今天终于可以回复了。在用与它们同样的编码发去了问候之后,人类又对它们说:

"我们是兄弟!"